百年新诗百部典藏／马启代 主编

朱自清诗选

朱自清 著
马启代 马晓康 编

江苏凤凰美术出版社
全国百佳图书出版单位

图书在版编目（CIP）数据

朱自清诗选 / 朱自清著；马启代，马晓康编. -- 南京
江苏凤凰美术出版社，2018.10
（百年新诗百部典藏 / 马启代主编）
ISBN 978-7-5580-5120-3

Ⅰ．①朱… Ⅱ．①朱… ②马… ③马… Ⅲ．①诗集－
中国－现代 Ⅳ．① I226

中国版本图书馆 CIP 数据核字（2018）第 198336 号

责任编辑　曹昌虹
装帧设计　小马工作室
责任监印　唐　虎

书　　名	朱自清诗选
著　　者	朱自清
编　　者	马启代　马晓康
出版发行	江苏凤凰美术出版社（南京市中央路 165 号　邮编：210009
	北京凤凰千高原文化传播有限公司
出版社网址	http://www.jsmscbs.com.cn
印　　刷	河北飞鸿印刷有限责任公司
开　　本	710mm×1000mm　1/16
印　　张	10
版　　次	2020 年 4 月第 1 版　2020 年 4 月第 1 次印刷
标准书号	ISBN 978-7-5580-5120-3
定　　价	28.00 元

营销部电话　010-64215835-801
江苏凤凰美术出版社图书凡印装错误可向承印厂调换　电话：010-64215835-801

总序

转眼新诗已百年

马启代

早在20世纪的最后几年,大家已在议论新诗百年的事情,近年来,"新诗百年"的话题和各类活动甚至与社会商业活动携手并肩、大有超越诗歌本身的勃兴之势。事实上,看似在热闹中诞生的新诗,其本性与喧嚣并无基因上的联系。艺术与人类历史一样,有着表面风风火火的一面,也有着沉潜低回的另一条趋线。作为伴随新文学诞生的一个新兴文体,它呱呱坠地的时代的确可以用狂飙突进来标示,故我虽一向把社会"思潮"与"诗潮"的相伴相随作为认识百年新诗的一个重要视角,但我并不认同仅仅把波涛浪峰上的那些弄潮者看作新诗百年的代表,也就是说那些以潮流和流派及其风云人物为特征的历史叙事所构成的只是一个粗线条的描述,正是"思潮"与"诗潮"的历史共振,加上民族危难和社会动荡所造成的探索中断和精神异化,新诗所欠下的旧账一再被后来者忽略或轻视,仿佛一个亢奋的战士,冲锋中丢弃了装备,几番沉浮,在这个百年的节点,正是反思得失、检视成败的契机。当然,作为在争论甚至反对声中活得多数时候都青春四射的新诗,对质疑和批评的回应与对自身缺憾和弊端的正视从来都是一体两面需要痛加剖析、修正的问题。

我想略通"近代史"的人都会理解,产生于春秋战国以来极少出现的思想自由争鸣时期的新文学,结出新诗这个果实,既是必然,也显得匆忙。我们至今对它的称谓还有争议，如白话诗、自由诗、新诗、朦胧诗、现代诗、汉语新诗、新汉诗等，各有历史定位和美学指向，但莫衷一是，互不认同。此外，关于新诗诞生的历史成因、艺术脉络也各执一词，互有个见。我曾在《新汉诗十三题》中说过，它的源头不是旧诗，它与古诗、律诗、词、曲的代终体换不同，新诗直接来源于外国诗，不是一般的启示与借用，但新诗最终应是民族文化求新求变的产物皆赖于外来文化的刺激复活以及几代学人承前启后的不懈挽救。借此界定新诗的生日——假如非要有一个最大认同公约数的时间，我想，既不是胡适在《尝试集》中几首诗后面标注的1916年，也不是《新青年》2卷6号刊发胡适《白话诗八首》的1917年，而应是《新青年》4卷1号刊登胡适、沈尹默、刘半农九首诗的1918年1月。显然，作为《白话文学史》作者的胡适，深知"白话诗"与"新诗"在观念、精神和美学追求上的不同。他在1917年1月发表在《新青年》上的《文学改良刍议》被认为脱胎于美国女诗人洛威尔的《意象派宣言》，而意象派运动其主要旨趣在于解放英语诗歌的形式和语言，尽管他的代表人物庞德据说受益于中国古典诗歌的翻译。

但毋庸置疑的是，新诗承续了发端于18世纪以来世界范围内的诗歌自由化趋向，其背后蕴藏的历史人文内涵和深刻的人类精神走向乃潮流和大势。百年来，世界和中国都发生了许多亘古未有的大变化，人类在苦难和荣光中创造的无数诗篇，成为记录人类心灵和精神变化的珍品。尽管至今尚有人对新诗做出实验失败的定论，近年旧体诗创作日隆，也大有复兴的气象，但无须争辩的事实是：首先，新诗是个伟大而粗糙的发明（沈奇语），它无愧于百年风雨沧桑的砥砺磨洗（张清华语），你即便说它不成功，但也不能无视它有成就（桑恒昌语），穿越百年的时光隧道，战争、天灾、人祸以及正常或不正常的生存考验，新诗已经成为现代人重要的灵魂洗礼和精神救赎的载体。熊辉教授在《纪念新诗百年》中认为百年新诗的发展，最大的成功是确立了自身的文体优势。分行排列的自由书写成为承载现代人情感和思想的有效形式，而吕进教授把新诗看作"内视点"文学的主张，为现代新诗内在形式的确立提供了理论依据。其次，新诗采用大量口语和白话进行书面转化，使古老的汉语焕发出新的生机，重新把优雅与深邃找回，其在唤醒和复活民族灵性上体现出无可替代的前景。最后，我认为新诗与社会思潮与生俱来的根性联系，使其始终勃发着一颗求新求变的魂魄，百年来，它对于中国人精神的塑造居功至伟。

  当然，一个百年的文体也许还处于未完成时，尽管许多文学史、诗歌史已翻来覆去根据不同时期的政治需要和个人诉求做过这样那样的修订甚至重写，事实上，所谓百年我们也不妨做模糊的理解，百年新诗也许尚未走出自己的青春期，业已形成的传统还显单薄，无论是文本本身还是理论批评范畴都面临着很多需要解决的问题。新诗不是"作诗如作文，作诗如说话"（胡适语）那样简单，断然不能把一种精神倡导理解为实践指南，正如不能把"下半身写作"理解为"写下半身"，把"口语写作"理解为"口水写作"。尽管民歌民谣给了自由化写作最初的滋养和激发，成就了彭斯和华兹华斯等不朽的歌唱，但新诗随着现代思想的传播，不适合进化论的艺术需要坚守和弘扬的恰恰是最初的和最原始的人的精神和梦想，最本真、最本质的感动。新诗突破了古典诗歌"触景生情"和"睹物思人"的套路，注入了"以思触诗、以诗触思"的感悟和体验，形成了"缘情言志寓思"的现代模式，这些皆赖于中西文化交汇中英美的浪漫主义和法德的现代主义诸流派的深度浸润。但一个文体既有它自我革新和不断蜕变的免疫能力，也有自我阉割的自杀倾向。如今，经历多层磨砺和戕害的新诗呈现出精神伦理和艺术审美上的诸多问题，"生底颤动，灵底喊叫"（郭沫若语）极有被废话、脏话淹没的危险。我在《百年新诗的"三度"迷失》和《当下诗歌创作的"三化"警示》两文中做了解析和指认。据此而论,吕进教授提出新诗的"三个重建"和"二次革命"多年,在展望未来时的确应引起我们的深思。

时光如白驹过隙,对于天地历史而言,百年不过弹指间的一个刹那,但于人于事,一个世纪毕竟暗藏着天翻地覆。适逢新诗百岁,借此数语,聊寄祝福!

目 录

第一卷　原创诗选

003　睡吧，小小的人

005　小鸟

006　光明

007　歌声

008　满月的光

009　羊群

011　新年

012　煤

013　北河沿的路灯

014　小草

015　努力

017　北河沿的夜

018　怅惘

019　沪杭道中

020　秋

021　不足之感

022　纪游

027　送韩伯画往俄国

029　自白

031　依恋
032　冷淡
033　心悸
034　旅路
036　湖上
038　人间
040　转眼
046　自从
050　杂诗三首
051　黑暗
053　沪杭道上的暮
055　挽歌
056　睁眼
057　静
058　星火
060　除夜
061　笑声
062　灯光
063　独自
064　侮辱
066　宴罢
068　仅存的
069　毁灭
079　细雨
080　香
081　别后
083　赠A·S

085　风尘

087　血歌

089　给死者

090　我的南方

091　战争

094　塑我自己的像

097　无题

098　玉兰花

099　挽一多先生

100　小舱中的现代

第二卷　翻译诗选

105　偷睡的 / 泰戈尔

107　源头 / 泰戈尔

108　女儿的歌 / Davies

110　两性观 / 多罗色·巴克尔（DorothyParker）

111　苹果树 / 多罗色·巴克尔（DorothyParker）

112　难民

113　冬鸳鸯菊

114　**附录**：《古诗十九首》释 / 朱自清

148　编后记 / 编　者

第一卷

原创诗选

睡吧，小小的人

同住的查君从伊文思书馆寄来的书目里，得着一小幅西妇抚儿图，下面题道："Sleep Little One"。这幅画很为可爱。

"睡吧，小小的人。"
明明的月照着，
微微的风吹着——一阵阵花香，
睡魔和我们靠着。
"睡吧，小小的人。"
你满头的金发蓬蓬地覆着，
你碧绿的双瞳微微地露着，
你呼吸着生命的呼吸，
呀，你浸在月光里了，
光明的孩子——爱之神！
"睡吧，小小的人。"
夜底光，
花底香，
母底爱，
稳稳地笼罩着你。
你静静地躺在自然底摇篮里，
什么恶魔敢来扰你！
"睡吧，小小的人。"
我们睡吧，

睡在上帝的怀里:
他张开慈爱的两臂,
搂着我们;他光明的唇,
吻着我们;
我们安心睡吧,睡在他的怀里。
"睡吧,小小的人。"
明明的月照着,
微微的风吹着——一阵阵花香,
睡魔和我们靠着。

1919年2月28日于北京

小　鸟

清早颤巍巍的太阳光里,
两个小鸟结着伴,不住的上下飞跳。
他俩不知商量些什么,
只是咭咭呱呱的乱叫。

细碎的叫声,
夹着些微笑;
笑里充满了自由,
他们却丝毫不觉。

他们仿佛在说:"我们活着
便该跳该叫。
生命给的欢乐,
谁也不会从我们手里夺掉。"

1919 年 11 月 14 日

光 明

风雨沉沉的夜里,
前面一片荒郊。
走尽荒郊,
便是人们底道。
呀!黑暗里歧路万千,
叫我怎样走好?
"上帝!快给我些光明吧,
让我好向前跑!"
上帝慌着说,"光明?
我没处给你找!
你要光明,
你自己去造!"

1919年11月22日

歌　声

好嘹亮的歌声！
黑暗的空地里，
仿佛充满了光明。
我波澜汹涌的心，
像古井般平静；
可是一些没冷，
还深深地含着缕缕微温。
什么世界？
什么我和人？
我全忘记了——一些不省！
只觉轻飘飘的，好像浮着，
随着那歌声的转折，
一层层往里追寻。

1919 年 11 月 23 日

满月的光

好一片茫茫的月光,
静悄悄躺在地上!
枯树们的疏影
荡漾出她们伶俐的模样。
仿佛她所照临,
都在这般伶伶俐俐地荡漾;
一色内外清莹,
再不见纤毫翳障。
月啊!我愿永远浸在你的光明海里,
长是和你一般雪亮!

1919年12月6日

羊 群

如银的月光里,
一张碧油油的毡上,
羊群静静地睡了。
他们雪也似的毛和月掩映着,
啊!美丽和聪明!
狼们悄悄从山上下来,
羊儿梦中惊醒:
瑟瑟地浑身乱颤;
腿软了,
不能立起,只得跪着了;
眼里含着满眶亮晶晶的泪;
口中不住地芈芈哀鸣。
如死的沉寂给叫破了;
月已暗澹,
像是被芈芈声吓着似的!
狼们终于张开血盆般的口,
露列着巉巉的牙齿,
像多少把钢刀。
不幸的羊儿宛转钢刀下!
羊儿宛转,
狼们享乐,
他们喉咙里时时透出来。

可怕的胜利的笑声!
他们呼啸着去了。
碧油油的毡上
新添了斑斑的鲜红血迹。
羊们纵横躺着,
一样地痉挛般挣扎着,
有几个长眠了!
他们如雪的毛上,
都涂满泥和血;
啊!怎样地可怕!
这时月又羞又怒又怯,
掩着面躲入一片黑云里去了!

新　年

夜幕沉沉，
笼着大地。
新年天半飞来，
啊！好美丽鲜红的两翅！
她口中含着黄澄澄的金粒——
"未来"的种子。
翅子"拍拍"的声音
惊破了寂寞。
他们血一般的光，
照彻了夜幕；
幕中人醒，
看见新年好乐！
新年交给他们
那颗圆的金粒；
她说，"快好好地种起来，
这是你们生命的秘密！"

1919 年 12 月 21 日

煤

你在地下睡着,
好腌臜,黑暗!
看着的人
怎样的憎你,怕你!
他们说:
"谁也不要靠近他呵……"
一会你在火园中跳舞起来,
黑裸裸的身材里,
一阵阵透出赤和热;
啊!全是赤和热了,
美丽而光明!
他们忘记刚才的事,
都大张着笑口,
唱赞美你的歌;
又颠簸身子,
凑合你跳舞的节。

1920年1月9日于北京

北河沿的路灯

有密密的毡儿,
遮住了白日里繁华灿烂。
悄没声儿的河沿上,
满铺着寂寞和黑暗。
只剩城墙上一行半明半灭的灯光,
还在闪闪铄铄地乱颤。
他们怎样微弱!
但却是我们唯一的慧眼!
他们帮着我们了解自然;
让我们看出前途坦坦。
他们是好朋友,
给我们希望和慰安。
祝福你灯光们,
愿你们永久而无限!

1920 年 1 月 25 日

小 草

睡了的小草,
如今苏醒了!
立在太阳里,
欠伸着,揉她们的眼睛。
萎黄的小草,
如今绿色了!
俯仰惠风前,
笑眯眯地彼此向着。
不见了的小草,
如今随意长着了!
鸟儿快乐的声音,
"同伴,我们别的久了!"
好浓的春意呵!
可爱的小草,我们的朋友,
春带了你来么?
你带了她来呢?

1920 年 3 月 18 日于北京

努　力

河的中流，
一只渔船荡着。
桨师坐在船头，
两眼向天望着。

"呀！天变了，
风暴给我撞着……
看他雨横风狂，
只好划开船让着！"

容你让么？
船身儿不住的前后躺着
"不让了！"
尽向浪头上飏着……

船呢？
往前了，和波涛抢着！
"有趣啊！有趣啊！"
桨师口中唱着。

沸腾的浪花里，
忽隐忽现的两枝桨儿荡着。

哦！远了，远了，
只见一点影儿一起一落地漾着！

努力！努力！
你们自己的世界，你们在创着！
努力！努力！
直到死了，在洪流里葬着！

     1920 年 3 月 30 日

北河沿的夜

沉默的天宇,
闪铄的灯光;
暗里流动着小河,
两岸敧斜着柳树。
树们相向俯着,
要握手么?
在商量小河的秘密么?
树们俯看小河,
河里深深地映出许多影子。
这也是他们自己么?
是他们生命的征象罢?
岸上的灯光,
从树缝里偷偷进来;
照得小河面上斑斑驳驳,
白一块,黑一块的,
像天将明时,东方的云一样。
那白处露出历历的皱纹,
显出黑暗里小河生活的烦闷。

1920年于北京

怅 惘

只如今我像失了什么,
原来她不见了!
她的美在沉默的深处藏着,
我这两日便在沉默里浸着。
沉默随她去了,
教我茫茫何所归呢?
但是她的影子却深深印在我心坎里了!
原来她不见了,
只如今我像失了什么!

沪杭道中

雨儿一丝一丝地下着,
每每的田园在雨里浴着,
一片青黄的颜色越发鲜艳欲滴了!
青的新出的秧针,
一块块错落地铺着;
黄的割下的麦子,
把把地叠着;
还有深黑色待种的水田,
和青的黄的间着;
好一张彩色花毡呵!
一处处小河缓缓地流着;
河上有些窄窄的板桥搭着;
河里几只小船自家横着;
岸旁几个人撑着伞走着;
那边田里一个农夫,披了蓑,戴了笠,
慢慢地跟着一只牛将地犁着;
牛儿走走歇歇,往前看着。
远远天和地密密地接了。
苍茫里有些影子,
大概是些丛树和屋宇吧?
却都给烟雾罩着了。
我们在烟雾里、花毡上过着;
雨儿还在一丝一丝地下着。

秋

惨澹的长天板着脸望下瞧着，
小院里两株亭亭的绿树掩映着。
一阵西风吹来，他们的叶子都颤起来了，
仿佛怕摇落的样子——
西风是报信的？
呀！飒飒地又下雨了，
叶子被打得格外颤了。
雨里一个人立着，不声不响的，
也在颤着；
好久，他才张开两臂低声说，
"秋天来了！"

1920年8月于扬州

不足之感

他是太阳,
我像一支烛光;
他是海,浩浩荡荡的,
我像他的细流;
他是锁着的摩云塔,
我像塔下徘徊者。
他像鸟儿,有美丽的歌声,
在天空里自在飞着;
又像花儿,有鲜艳的颜色,
在乐园里盛开着;
我不曾有什么,
只好暗地里待着了。

1920 年 8 月于扬州

纪　游

　　一九二〇年十一月二十八日同维祺游天竺，灵隐，韬光，北高峰，玉泉诸胜，心里很是欢喜；二日后写成这诗。

　　一

灵隐的路上，
砖砌着五尺来宽的道儿，
像无尽长似的；
两旁葱绿的树把着臂儿，
让我们下面过着。
泉儿只是泠泠地流着，
两个亭儿亭亭地俯看着；
俯看着他们的，
便是巍巍峨峨的，金碧辉煌的殿宇了。
好阴黝幽深的殿宇！
这样这样大的庭柱，
我们可给你们比下去了！

　　二

紫竹林门前一株白果树，
小门旁又是一株——

怕生客么？却缩入墙里去了。
院里一方紫竹，
迎风颤着；
殿旁坐着几个僧人，
一声不响的；
所有的只是寂静了。
出门看见地下一堆黄叶，
扇儿似的一片片叠着。
可怜的叶儿，
夏天过了，
你们早就该下来了！
可爱的，
你们能伴我
伴我忧深的人么？
我捡起两片，
珍重地藏在袋里。

三

韶光过了，
所有的都是寂静了。
只有我们俩走着；
微微的风吹着。
那边——无数竿竹子
在风里折腰舞着；
好一片碧波哟！
这边——红的墙，绿的窗，
颤巍巍，瘦兢兢，挺挺地，高高地耸着的，
想是灵隐的殿宇了；

只怕是画的哩?
云托着他罢?
远远山腰里吹起一缕轻烟,
袅袅地往上升着;
升到无可再升了,
便袅袅婷婷地四散了。
葱绿的松柏,
血一般的枫树,
鹅黄的白果树,
美丽吗?
是自然的颜色罢。
葱绿的,她忧愁罢;
血一般的,她羞愧罢!
鹅黄的,她快乐罢?
我可不知;
她自己也说不出哩。

四

北高峰了,
寂静的顶点了。
四围都笼着烟雾,
迷迷糊糊的,
什么都只有些影子了。
只有地里长着的蔬菜,
肥嫩得可爱,
绿得要滴下来;
这里藏着我们快乐的秘密哩!
我们的事可完了,

满足和希望也只剩些影子罢了!

五

我们到底下来了,
这回所见又不同了:
几株又虬劲,又妩媚的老松
沿途迎着我们;
一株笔直,笔直,通红,通红的大枫树,
立着像孩子们用的牛乳瓶的刷子;
他在刷着自然的乳瓶吗?
落叶堆满了路,
我们踏着;"喳喳喊喊"的声音。
你们诉苦么?
却怨不得我们;
谁教你们落下来的?
看哪,飘着,飘着,
草上又落了一片了。
我的朋友赶着捡他起来,
说这是没有到过地上的,
他要留着——
有谁知道这片叶的运命呢?

六

灵隐的泉声亭影终于再见;
灰色的幕将太阳遮着,
我们只顾走着,远了,远了;
路旁小茶树偷着开花—

白而嫩的小花——
只将些叶儿掩掩遮遮。
我的朋友忍心摘了他两朵;
怕茶树他要流泪罢?
唉!顾了我们,
便不顾得你了?
我将花簪在帽檐;
朋友将花拈在指尖;
暮色妒羡我们,
四面围着我们——
越逼越近了,
我们便浮沉着在苍茫里。

    1920年11月30日于杭州

送韩伯画往俄国

天光还早,
火一般红云露出了树梢,
不住地燃烧,不住地流动;
黑漆漆的大路,
照得闪闪烁烁的,有些分明了。
立着一个绘画的学徒,
通身凝滞了的血都沸了;
他手舞足蹈地唱起来了:
"红云呵
鲜明美丽的云呵!
你给了我一个新生命!
你是宇宙神经的一节;
你是火的绘画——
谁画的呢?
我愿意放下我所曾有的,
跟着你走;
提着真心跟着你!"
他果然赤裸裸的从大路上向红云跑去了!
祝福你绘画的学徒!
你将在红云里,
偷着宇宙的蜜意,
放在你的画里;

可知我们都等着哩!

1921 年

自 白

朋友们硬将担子放在我肩上；
他们从容去了。
担子渐渐将我压扁；
他说，"你如今全是'我的'了。"
我用尽两臂的力，
想将他掇开去。
但是——迟了些！
成天蜷曲在担子下的我，
便当那儿是他的全世界；
灰色的冷光四面反映着他，
一切都板起脸向他。
但是担子他手里终会漏光；
我昏花的两眼看见了：
四围不都是鲜嫩的花开着吗？
绯颊的桃花，粉面的荷花，
金粟的桂花，红心的梅花，
都望着我舞蹈，狂笑；
笑里送过一阵阵幽香，
全个儿的我给它们薰透了！
我像一个疯子，
周身火一般热着：
两只枯瘦的手拼命地乱舞，

一双软弱的脚尽力地狂踏;
扯开哑了的喉咙,
大声地笑着喝着;
什么都像忘记了?
但是——担子他的手又突然遮掩来了!

1921年2月3日

依 恋

坐到三等车里,
模糊念着上海的一月,
我的心便沉沉了。

1921 年 2 月 18 日于沪杭车中

冷　淡

"像一张碟子",
他看着我。
从他的眼光里,
映出一个个被轻蔑和玩弄的我。
他讥讽似的说了些话,
又遮遮掩掩伴笑着;
像利剑刺在我心里。
我恳挚的对他
说出那迫切的要求。
他板板脸听着,
慢条斯理,有气没力的答应,
最后说,"我不能哩。"——
又遮遮掩掩伴笑着,去了。
我神经大约着了寒,
都痉挛般抽搐着;
我只有颤巍巍哭了!

1921年2月22日于杭州

心 悸

给我心的
给我未生者底心。
世界是太大了,
她只是悸呵。
我把嘴儿亲她,
泪儿洗她……
我放她在太阳底下,
让他照她,
和风吹她,
细雨润她……
我薰她在蔷薇园里,
我暖她在鹧鸪腹下……
父底爱,
妻底爱,
爱我底爱,
旋涡般流着她……
世界是太大了,
她只是悸呵!
给我心的……
恕我无力;
还了你这悸的也罢!

1921年3月13日于杭州

旅　路

我再三说，我倦了，
恕我，不能上前了！
春底旅路里所有的悦乐，
我曾尽力用我浅量的心吸饮。
悦乐到底干涸，
我的力量也暗中流去。
恕我，不能上前了！
希望逼迫的引诱我，
又安慰我，
"就回去哩！"
我不信希望，
却被勒着默默的将运命交付了她——
无力的人们
怎能行他所愿呢？
焦了每次微跳的心，
竭了每滴潜藏的力；
唉！眼前已是我的屋里了！
唉！眼前已是我的屋里了！
疲倦电一般抽搐着全身；
我倒在地上，
我空伸着两手躺在地上！
上帝，你拿去我所有的，

赐我些什么呢?
可怜你无力的被创造者,
别玩弄的宠着了;
取回他所仅存的,
兑给他"安息"罢——
他专等着这个哩。

1921年4月25日于杭州

湖　上

绿醉了湖水，
柔透了波光；
擎着——擎着
从新月里流来
一瓣小小的小船儿：
白衣的平和女神们
随意地厮并着——
柔绿的水波只兢兢兢兢的将她们载了。
舷边颤也颤的红花，
是的，白汪汪映着的一枝小红花呵。
一星火呢？
一滴血呢？
一点心儿罢？
她们柔弱的，但是喜悦的，
爱与平和的心儿？
她们开始赞美她；
唱起美妙的，
不容我们听，只容我们想的歌来了。
白云依依的停着；
云雀痴痴的转着；
水波轻轻的汩着；
歌声只是袅袅娜娜着；

人们呢,
早被融化了在她们歌喉里。
天风从云端吹来,
拂着她们的美发;
她们从容用手掠了。
丁是——挽着臂儿,
并着头儿,
点着足儿;
笑上她们的脸儿,
唱下她们的歌儿。
我们
被占领了的,
满心里,满眼里,
企慕着在破船上。
她们给我们美尝了,
她们给我们爱饮了;
我们全融化了在她们里,
也在了绿水里,
也在了柔波里,
也在了小船里,
和她们的新月的心里。

1921 年 5 月 14 日

人　间

那蓝褂儿，草鞋儿，
赤了腿，敞着胸的朋友
挑副空的箩担来了。
他远远的见着——
见了歧路中彷徨的我；
他亲亲热热的招呼：
"你到那里？"
我意外的听他，
迫切的答他时，
他殷勤的指点我；
他有黑而干燥的面庞，
灰色凝滞的眼光，
和那天然的粗涩的声调。
从这些里，
我接触着他纯白的真心。
但是，我们并不曾相识。
她穿的紫袄儿，
系的黑裙儿，
走在她母亲后面。
她伶俐的身材，
停匀的脚步，
和那白色的脸儿，

端庄,沉静,又和蔼的,
她庄严的脸儿:
在我车子过时,
一闪的都收入我眼底。
那时她用融融的眼波
随意的看我;
我回过头时,
她还在看我——
真的,她再三看我。
从她双眼里,
我接触着她烂漫的真心。
但是,我们并不曾相识。

1921 年 5 月于杭州

转　眼

一九二〇年五月，在北京大学毕业，即到杭州第一师范教书。初到时，小有误会；我辞职。同学留住我。后来他们和我很好。但我自感学识不足，时觉彷徨。这篇诗便是我的自白。

转眼的韶华，
霎的又到了黄梅时节。
听——点点滴滴的江南；
看——㑊㑊㑊㑊的天色；
是处找不着一个笑呵。
人间的那角上，
尽冷清清徘徊着他游子。
熟梅风吹来弥天漫地的愁，
絮团团拥了他；
他怯怯的心弦们，
春天和暖的太阳光里
袅着的游丝们的姊妹罢；
只软软轻轻的弹唱，
弹唱着那
温柔的四月里
百花开时，
智慧者用了灌溉群芳的
如酥的细雨般的调子。

她们唱道,
"这样无边愁海里浮沉着的,
可怎了得呵!"
她们忧虑着将来,
正也惆怅着过去。
她们唱呵:
去年五月,
湿风从海滨吹来,
燕子从北方回去的时候,
他开始了他的旅路。
四年来的老伴,
去去留留,暂离还合的他俩,
今朝分手——今朝分手。
她尽回那
临别的秋波;
喜么?
嗔么?
他那里理会得?
那容他理会得!
他们呢?
新交,旧识的他们,
也剩了面面儿相觑;
只有淡淡的一杯白酒,
悄悄的搁在他前;
另有微颤的声浪:
"江南没熟人哩;
喝了我们的去罢……"
他飞眼四面看了,
一声不响饮了——

他终于上了那旅路。
她们唱呵:
这正是青年的夏天,
和他搀着手走到江南来了。
腼腆着他的脸儿,
忐忑着他的心儿;
趔趄着,
踅吧。
东西南北那眼光,
惊惊诧诧的他。
他打了几个寒噤;
头是一直垂下去了。
他也曾说些什么,
他们好奇的听他;
但生客们的语言,
怎能够被融洽呢?
"可厌的!"——
从他在江南路上,
初见湖上的清风
俯着和茸茸绿草里
随意开着
没有名字的小花们
私语的时候,
他所时时想着,也正怕着的
那将赐给生客们照例的诅咒,
终于被赐给了;
还带了虐待来了。
可是你该知道,
怎样是生客们的暴怒呵!

羞——红了他的脸儿，
血——催了他的心儿；
他掉转头了，
他拔步走了；
他说，
他不再来了！
生客的暴怒，
却能从他们心田里，
唤醒了那久经睡着的，
不相识者的同情；
他们正都急哩！
狂热的赶着，
沙声儿喊着：
"为甚撇下爱你的我们？
为甚弃了你爱的朋友？"
他的脸于是酸了，
他的心于是软了；
他只有留下，
留下在那江南了。
她们唱呵：
他本是一朵蓓蕾，
是谁掐了他呢？
谁在火光当中
逼着他开了花，
暴露在骄傲的太阳底下呢？
他总只有怯着！
等呵！只等那灰絮絮的云帷，
——唉，黑茸茸的夜幕也好——
遮了太阳的眼睛时，

他才敢躲在树荫里苦笑,
他才敢躲在人背后享乐。
可是不倦的是太阳;
他蒙了脸时终是少呵!
客人们倒真"花"一般爱他;
但他总觉当不起这爱,
他只羞而怕罢!
却也有那无赖的糟蹋他,
太阳里更不免有丑事呕他,
他又将怎样恼恨呢——
尽颠颠倒倒的终日,
飘飘泊泊了一年,
他总只算硬挣着罢。
可怜他疲倦的青春呵!
愁呢,重重叠叠加了,
弦呢,颤颤巍巍岔了;
袅着的,缠着了,
唱着的,默着了。
理不清的现在,
摸不着的将来,
谁可懂得,
谁能说出呢?
况他这随愁上下的,
在茫茫漠漠里
还能有所把捉么?
待顺流而下罢!
空辜负了天生的"我";
待逆流而上呵,
又惭愧着无力的他。

被风吹散了的,
被雨滴碎了的,
只剩有踯躅,
只剩有彷徨;
天公却尽苦着脸,
不瞅不睬的相向——
可是时候了!
这样莽莽荡荡的世界之中,
到底那里是他的路呢!

1921 年 6 月于杭州

自 从

一

自从撒旦摘了"人间的花",
上帝时常叹息,
又时常哀哭,
所以才有风雨了。
因为只要真实的东西,
撒旦他丢给人们
那朦胧的花影;
便是狂醉里,幻想中,
睡梦边,风魔时,
和我们同在的了。

二

也有芳草们连天绿着,
槐荫们夹道遮了;
也有葡萄们搀手笑着,
梅花们冒雪开了。
便是风,也温温可爱啊;
便是雨,也楚楚可怜啊。
但我们——

我们被掠夺的,
从我们心上
失去了"人间的花",
却凭什么和他们相见,
凭什么和他们相见呢?
我们眼睁睁望着;
他们也眼巴巴瞧着。
"接触着么?"
"无这力啊!"
望的够倦了,
瞧的也漠然了;
隔膜这样成就,
我们便失了他们了!

三

"找我们的花去罢!"
都上了人生底旅路。
我清早和太阳出去,
跟着那模糊的影子,
也将寻我所要的。
夜幕下时,
我又和月亮出去,
和星星出去;
没有星星,
我便提灯笼出去。
我寻了二十三年,
只有影子,
只有影子啊!

近,近,近——眼前!
远,远,远——天边!
唇也焦了;
足也烧了;
心也摇摇了;
我流泪如喷泉,
伸手如乞丐:
我要我所寻的,
却寻着我所不要的——
因为谁能从撒旦手里,
夺回那已失的花呢?

四

可是—
都跃跃跃跃的要了,
都急急急急的寻了!
得不着是同然;
却彼此遮掩着,
讪笑着,又诅咒着:
像轻烟笼了月明一般,
疑云幂了人们底真心了。
于是歆慕开始了;
嫉妒也开始了;
觊和劫夺都开始了!
我们终于彼此撒手!
我们终于彼此撒手!

五

我们的地母,
那"白发苍苍,悲悲惨惨"的地母呵,
却合了掌给我们祝福了;
伊只有徒然的祝福了——
清泪从伊干瘪的眼眶里,
像瀑布般流泻;
那便是一条条的川流了。

六

痴的尽管默着,
乖的终要问呵:
"倘然'人间的花'再临于我,
那必在什么时候呢?"
告诉你聪明的人们:
直到他俩的心
都给悲哀压碎了,
满天雨横风狂,
满地洪流泛滥底时候,
世界将全是撒旦的国土,
全是睡和死底安息;
那时我们底花
便将如锦绣一般,
开在我们的眼前了!

1921 年 10 月于吴淞

杂诗三首

一

风沙卷了,
先驱者远了!

二

昙花开到眼前时,
便向她蝉翼般影子里,
将忧愁葬了。

三

无力——还在家里吧;
满街是诅咒呵!

1921 年 11 月于上海

黑　暗

这是一个黑漆漆的晚上，
我孤零零的在广场底角上坐着。
远远屋子里射出些灯光，
仿佛闪电的花纹，散着在黑绒毡上——
这些便是所有的光了。
他们有意无意的，
尽着微弱的力量跳荡；
看哪，一闪一烁的，
这些是黑暗的眼波哟！
颤动的他们里，
憧憧的几个人影转着；
周围的柏树默默无言的响着……
一片——世界底声；
市声，人声；
从远远近近所在吹来的，
汹涌着，融和着……
这些是黑暗底心澜哟！
广场的确大了，
大到不能再大了：
黑暗底翼张开，
谁能想象他们的界限呢——
他们又慈爱，又温暖，

什么都愿意让他们覆着；
所有的自己全被忘却了。
一切都黑暗，
"咱们一伙儿！"

1921年11月7日于杭州

沪杭道上的暮

风潇荡,
平原正莽莽,
云树苍茫,苍茫;
暮到离人心上。

  1921 年 11 月 18 日于沪杭车中

挽 歌

　　尧深死后,有一缕轻烟似的悲哀盘旋在我心上,久久不灭。昨日读了《楚辞·招魂》,更恻恻不能自已。因略参《招魂》之意,写成此歌,以抒伤逝的情怀。

　　　　云漫漫,风骚骚,
　　　　人间路呀,迢迢!
　　　　这隐隐约约的,
　　　　是你的遗踪?
　　　　那渺渺茫茫的,
　　　　是你的笑貌?
　　　　你不怕孤单?
　　　　你甘心寂寥?
　　　　为什么如醉如痴,
　　　　踯躅在那远刁刁荒榛古道?
　　　　天寒了,
　　　　日暮了,
　　　　剩有白杨的萧萧。
　　　　我把你的魂来招!
　　　　我把你的魂来招!
　　　　"尧深呀,
　　　　归来!"
　　　　尽有那暮暮朝朝,

够你去寻欢笑。
去寻欢笑！
高山上，有着好水；
平地上，百花眩耀；
日月光，何皎皎！
更多少人儿，
分你的忧，
慰你的无聊！
"尧深呀，
归来！"
为什么如醉如痴，
徘徊在那远刁刁荒榛古道？
仰头——
苍天的昊昊，
低头——
衰草的滔滔；
呀！我的眼儿焦，
你的影儿遥！
呀！我的眼儿焦，
你的影儿遥！

1923年4月或12月4日（时间有争议）
尧深追悼会之晨于杭州

睁 眼

夜被唤回时,
美梦从眼边飞去。
熹微的晨光里,
先锋们的足迹,
牧者们的鞭影,
都晃荡着了,
都照耀着了,
是怕?是羞?
于是那漫漫的前路。
想裹足吗?徒然!
且一步步去挨着啵——
直到你眼不必睁,不能睁的时候。

1921年12月于杭州

静

淡淡的太阳懒懒的照在苍白的墙上；
纤纤的花枝绵绵的映在那墙上。
我们坐在一间"又大、又静、又空"的屋里，
慢腾腾的，甜蜜蜜的，看着
太阳将花影轻轻的，秒秒的移动了。
屋外鱼鳞似的屋；
螺髻似的山；
白练似的江；
明镜似的湖。
地上的一切，一层层屋遮了；
山上的，一叠叠青掩了；
水上的，一阵阵烟笼了。
我们尽默默的向着，
都不曾想什么；
只有一两个游客门外过着，
"珠儿""珠儿"地，雏鹰远远地唱着。

1921 年 12 月 22 日于杭州城隍山四景园

星 火

"在你靡来这四五个月,
我老子死了,
娘也没了;
只剩我独自一个了!"
卖酥饺儿的
那十八九岁的小子,
在我这回重见他时,
质朴而恳挚的向我说。
这教我从来看兄弟们作蓦生人的
惊讶,也羞惭;
终于悲哀着感谢了。
回头四五个月前,
一元钱的买卖
结识了他和我。
他尽殷殷的,
我只冷冷的;
差别的心思
分开了我们俩,
从手交手的当儿。
我未曾想着,
谁也该忘了吧。
却不道三两番颠沛流离以后,

还有这密密深深的声口,
于他刹那的朋友!
我的光荣呵;
我若有光荣呵!
记得那日来时,
油镬里煎着饺儿的,
还有那慈祥而憔悴的妇人;
许就是他的娘了。
一个平平常常的妇人,
能有些什么,
于这漠漠然的我!
况她已和时光远了呢?
可是——真有点奇呵,
那温厚的容颜,
骤然涌现于我蒙眬的双眼!
在肩摩踵接的大街中,
我依依然有所思了;
茫茫然有所失了!
我的悲哀——
虽然是天鹅绒样的悲哀呵!

1921 年 12 月 22 日

除　夜

除夜的两支摇摇的白烛光里，
我眼睁睁瞅着，
一九二一年轻轻地踅过去了。

1921年除夕于杭州

笑 声

是人们的笑声哩。
追寻去,却跟着风走了!

1922 年 2 月 21 日

灯 光

那泱泱的黑暗中熠耀着的,
一颗黄黄的灯光呵,
我将由你的熠耀里,
凝视她明媚的双眼。

　　　　1922年2月22日

独　自

白云漫了太阳；
青山环拥着正睡的时候，
牛乳般雾露遮遮掩掩，
像轻纱似的，
幂了新嫁娘的面。
默然在窗儿口，
上不见只鸟儿，
下不见个影儿，
只剩飘飘的清风，
只剩悠悠的远钟。
眼底是靡人间了，
耳根是靡人间了；
故乡的她，独灵迹似的，
猛猛然涌上我的心头来了！

1922 年 2 月 22 日

侮　辱

"请客气些！
设法一个舱位！"
"哼哼——
没有，没有！
你认得字罢？
看这张定单！
不要紧——不用忙；
坐坐；
我筛杯茶你喝了去—"
他无端的以冷笑嘲弄我，
意外的以言语压迫我；
我也是有血的，
怎能不涨红了脸呢？
可是——也说不出什么，
只喃喃了两声，
便愤愤然走了。
我觉得所失远在舱位以上了！
我觉得所感远在愤怒以上了！
被遗弃的孤寂哪，
无友爱的空虚哪：
我心寒了，
我心死了！

却猛然间想到,
昨晚的台州!
狭窄的小舱里,
黄晕的灯光下,
朋友们的十二分的好意!
便轻易忘记了么?
我真是罪过的人哪。
于是——我心头又微微温转来了;
于是——我才能苟延残喘于人间世了!

1922 年 4 月 28 日于海门上海船中

宴　罢

拉着，扯着，——让着，
我们团团坐下了。
"请罢，
请罢！"
杯子都举了，
筷子都举了。
酽酽的黄酒，
腻的腻的鱼和肉；
喷鼻儿香！
真喷鼻儿香！
还得拉拢着，
还得照顾着：
笑容掬在了脸上；
话到口边时，
淡也淡的味儿！
酒够了！
菜足了！
脸红了，
头晕了；
胃膨胀了，
人微微的倦了。
倦了的眼前，

才有了倦了的阿庆！
他可不止"微微的"倦了；
大粒的汗珠涔涔在他额上，
涔涔下便是饥与惫的颜色。
安置杯箸是他，
斟酒是他，
捧茶是他，
递茶和烟是他，
绞手巾也是他；
我们团团坐着，
他尽团团转着！
杯盘的狼藉，
果物的零乱，
他还得张罗着哩，
在饥且惫了以后。
于是我觉得僭妄了，
今天真的侮辱了阿庆！
也侮辱了沿街住着的
吃咸菜红米饭的朋友！
而阿庆的如常的小心在意，
更教我惊诧，
甚至沉重地向我压迫着哩！
我们都倦了！
我们都病了！
为了什么呢？
为了什么呢？

1922年5月　台州所感作于杭州

仅存的

发上依稀的残香里,
我看见渺茫的昨日的影子——
远了,远了。

1922年7月于杭州

毁 灭

  六月间在杭州。因湖上三夜的畅游，教我觉得飘飘然如轻烟，如浮云，丝毫立不定脚跟。常时颇以诱惑的纠缠为苦，而亟亟求毁灭。情思既涌，心想留些痕迹。但人事忙忙，总难下笔。暑假回家，却写了一节；但时日迁移，兴致已不及从前好了。九月间到此，续写成初稿；相隔更久，意态又差。直至今日，才算写定，自然是没劲儿的！所幸心境还不曾大变，当日情怀，还能竭力追摹，不至很有出入；姑存此稿，以备自己的印证。

一九二二年十二月九日晚记

踯躅在半路里，
垂头丧气的，
是我，是我！
五光吧，
十色吧，
罗罗在咫尺之间；
这好看的呀！
那好听的呀！
闻着的是浓浓的香，
尝着的是腻腻的味；
况手所触的，
身所依的，
都是滑泽的，

都是松软的！
靡靡然！
怎奈何这靡靡然——
被推着，
被挽着，
长只在俯俯仰仰间，
何曾做得一分半分儿主？
在了梦里，
在了病里；
只差清醒白醒的时候！
白云中有我，
天风的飘飘，
深渊中有我，
伏流的滔滔；
只在青青的，青青的土泥上，
不曾印着浅浅的，隐隐约约的，我的足迹！
我流离转徙，
我流离转徙；
脚尖儿踏呀，
却踏不上自己的国土！
在风尘里老了，
在风尘里衰了，
仅存一个懒恹恹的身子，
几堆黑簇簇的影子！
幻灭的开场，
我尽思尽想：
"亲亲的，虽渺渺的，
我的故乡——我的故乡！
回去！回去！"

虽有茫茫的淡月,
笼着静悄悄的湖面,
雾露濛濛的,
雾露濛濛的;
仿仿佛佛的群山,
正安排着睡了。
萤火虫在雾里找不着路,
只一闪一闪地乱飞。
谁却放荷花灯哩?
"哈哈哈哈……"
"吓吓吓吓……"
夹着一缕低低的箫声,
近处的青蛙也便响起来了。
是被摇荡着,
是被牵惹着,
说已睡在"月姊姊的臂膊"里了;
真的,谁能不飘飘然而去呢?
但月儿其实是寂寂的,
萤火虫也不曾和我亲近,
欢笑更显然是他们的了。
只有箫声,
曾引起几番的惆怅;
但也是全不相干的,
箫声只是箫声罢了。
摇荡是你的,
牵惹是你的,
他们各走各的道儿,
谁理睬你来?
横竖做不成朋友,

缠缠绵绵有些什么！
孤零零的，
冷清清的，
没味儿，没味儿！
还是掉转头，
走你自家的路。
回去！回去！
虽有雪样的衣裙，
现已翩翩地散了，
仿佛清明日子烧剩的白的纸钱灰。
那活活像小河般流着的双眼，
含蓄过多少意思，蕴藏过多少话句的，
也干涸了，
干到像烈日下的沙漠。
漆黑的发，
成了蓬蓬的秋草；
吹弹得破的面孔，
也只剩一张褐色的蜡型。
况花一般的笑是不见一痕儿，
珠子一般的歌喉是不透一丝儿！
眼前是光光的了，
总只有光光的了。
撇开吧
还撇些什么！
回去！回去！
虽有如云的朋友，
互相夸耀着，
互相安慰着，
高谈大笑里

送了多少的时日；
而饮啖的豪迈，
游踪的密切，
岂不像繁茂的花枝，
赤热的火焰哩！
这样被说在许多口里，
被知在许多心里的，
谁还能相忘呢？
但一丢开手，
事情便不同了：
翻来是云，
覆去是雨，
别过脸，
掉转身，
认不得当年的你——
原只是一时遣着兴罢了，
谁当真将你放在心头呢？
于是剩了些淡淡的名字——
莽莽苍苍里，
便留下你独个，
四围都是空气吧了，
四围都是空气吧了！
还是摸索着回去吧；
那里倒许有自己的弟兄姊妹，
切切的盼望着你。
回去！回去！
虽有巧妙的玄言，
像天花的纷坠；
在我双眼的前头，

展示渺渺如轻纱的憧憬——
引着我飘呀，飘呀，
直到三十三天之上。
我拥在五色云里，
灰色的世间在我脚下——
小了，更小了，
远了，几乎想也想不到了。
但是下界的罡风
总归呼呼的倒旋着，
吹入我丝丝的肌里！
摇摇荡荡的我
倘是跌下去啊，
将像泄着气的轻气球，
被人践踏着玩儿，
只馀嗤嗤的声响！
况倒卷的罡风，
也将像三尖两刃刀，
劈分我的肌里呢——
我将被肢解在五色云里；
甚至化一阵烟，
袅袅的散了。
我战栗着，
"念天地之悠悠"……
回去！回去！
虽有饿着的肚子，
拘挛着的手，
乱蓬蓬秋草般长着的头发，
凹进的双眼，

和软软的脚,
尤其灵弱的心;
都引着我下去,
直向底里去,
教我抽烟,
教我喝酒,
教我看女人。
但我在迷迷恋恋里,
虽然混过了多少时刻,
只不让步的是我的现在,
他不容你不理他!
况我也终于不能支持那迷恋人的,
只觉肢体的衰颓,
心神的飘忽,
便在迷恋的中间,
也潜滋暗长着哩!
真不成人样的我,
就这般轻轻的速朽了么?
不!不!
趁你未成残废的时候,
还可用你仅有的力量!
回去!回去!
虽有死仿佛像白衣的小姑娘,
提着灯笼在前面等我,
又仿佛像黑衣的力士,
擎着铁锤在后面逼我——
在我烦忧着就将降临的败家的凶惨,
和一年来骨肉间的仇视,

（互以血眼相看着）的时候；
在我为两肩上的人生的担子
压到不能喘气，
又眼见我的收获
渺渺如远处的云烟的时候；
在我对着黑黢黢又白漠漠的将来，
不知取怎样的道路，
却尽徘徊于迷悟之纠纷的时候：
那时候她和他便隐隐显现了，
像有些什么，
又像没有——
凭这样的不可捉摸的神气，
真尽够教我向往了。
去，去，
去到她的，他的怀里吧。
好了，她望我招手了，
他也望我点头了……
但是，但是，
她和他正都是生客，
教我有些放心不下；
他们的手飘浮在空气里，
也太渺茫了，
太难把握了，
教我怎好和他们相接呢？
况死之国又是异乡，
知道它什么土宜哟！
只有在生之原上，
我是熟悉的；

我的故乡在记忆里的，
虽然有些模糊了，
但它的轮廓我还是透熟的——
哎呀！故乡它不正张着两臂迎我吗？
瓜果是熟的有味，
地方和朋友也是熟的有味；
小姑娘呀，
黑衣的力士呀，
我宁愿回我的故乡，
我宁愿回我的故乡；
回去！回去！
归来的我挣扎挣扎，
拨烟尘而见自己的国土！
什么影像都泯没了，
什么光芒都收敛了；
摆脱掉纠缠，
还原了一个平平常常的我！
从此我不再仰眼看青天，
不再低头看白水，
只谨慎着我双双的脚步；
我要一步步踏在土泥上，
打上深深的脚印！
虽然这些印迹是极微细的，
且必将磨灭的，
虽然这迟迟的行步
不称那迢迢无尽的程途，
但现在平常而渺小的我，
只看到一个个分明的脚步，

便有十分的欣悦——
那些远远远远的
是再不能，也不想理会的了。
别耽搁吧，
走！走！走！

细 雨

东风里,
掠过我脸边,
星呀星的细雨,
是春天的绒毛呢。

    1923 年 3 月 8 日

香

"闻着梅花香么?"——
徜徉在山光水色中的我们,
陡然都默契着了。

1924年1月2日于温州

别　后

我和你分手以后，
的确有了长进了！
大杯的喝酒，
整匣的抽烟，
这都是从前没有的。
喝了酒昏昏的睡，
烟的香真好——
我的手指快黄了，
有味，有味。
因为在这些时候，
忘了你，
也忘了我自己！
成日坐在有刺的椅上，
老想起来走；
空空的房子，
冷的开水，
冷的被窝——
峭厉的春寒呀，
我怀中的人呢？
你们总是我的，
我却将你们冷冷的丢在那地方，
没有依靠的地方！

我是你唯一的依靠，
但我又是靠不住的；
我悬悬的
便是这个。
我是个千不行万不行的人，
但我总还是你的人——
唉！我又要抽烟了。

　　　　1924年3月于宁波

赠 A·S

你的手像火把,
你的眼像波涛,
你的言语如石头,
怎能使我忘记呢?
你飞渡洞庭湖,
你飞渡扬子江;
你要建红色的天国在地上!
地上是荆棘呀,
地上是狐兔呀,
地上是行尸呀;
你将为一把快刀,
披荆斩棘的快刀!
你将为一声狮子吼,
狐兔们披靡奔走!
你将为春雷一震,
让行尸们惊醒!
我爱看你的骑马,
在尘土里驰骋——
一会儿,不见踪影!
我爱看你的手杖,
那铁的铁的手杖;
它有颜色,有斤两,有铮铮的声响!

我想你是一阵飞沙走石的狂风,
要吹倒那不能摇撼的黄金的王宫!
那黄金的王宫!
呜……吹呀!
去年一个夏天大早我见着你:
你何其憔悴呢?
你的眼还涩着,
你的发太长了!
但你的血的热加倍的薰灼着!
在灰泥里辗转的我,
仿佛被焙炙着一般!
你如郁烈的雪茄烟,
你如酽酽的白兰地,
你如通红通红的辣椒,
我怎能忘记你呢?

    1924年4月15日于宁波

风　尘
——兼赠 F 君

莽莽的罡风，
将我吹入黄沙的梦中。
天在我头上旋转，
星辰都像飞舞的火鸦了！
地在我脚下回旋，
山河都向着我滚滚而来了！
乱沙打在我面上时，
我才略略认识了自己；
我的眼好容易微微的张开——
好利害的沙呀！
砖石变成了鸽子纷纷的飞；
朦胧的绿树大刷帚似的
从我脚边扫过去；
新插的秧针简直是软毛刷，
刷在我的颊上，腻腻儿的。
牛马呀！牛马呀！
都飞起来了！
人呢，人也飞起来了——
墓中的死者也飞起来了！
呀，我在那儿呀？
也飞着哩！也飞着哩！
呀，F 君，你呢？你呢？

也在什么地方飞吧?
来携手呀,
我们都在黄沙的梦里呀,
我们都在黄沙的梦里呀!

1924年5月28日于驿亭宁波车中

血 歌
——为五卅惨剧作

血是红的!
血是红的!
狂人在疾走,
太阳在发抖!
血是热的!
血是热的!
熔炉里的铁,
火山的崩裂!
血是长流的!
血是长流的!
长长的扬子江,
黄海的茫茫!
血的手!
血的手!
戟着指,
指着他我你!
血的眼!
血的眼!
团团火,
射着他你我!
血的口!
血的口!

申申詈,
唾着他我你!
中国人的血!
中国人的血!
都是兄弟们,
都是好兄弟们!
破了天灵盖!
断了肚肠子!
还是兄弟们,
还是好兄弟们!
我们的头还在颈上!
我们的心还在腔里!
我们的血呢?
我们的血呢?
"起哟!
起哟!"

1925年6月10日

给死者

你们的血染红了马路；
你们的血染红了人心！
日月将为你们而躲藏！
云雾将为你们而弥漫！
风必不息的狂吹！
雨必不息的降下！
黄浦江将永远的掀腾！
电线杆将永远的抖颤！
上海市将为你们而地震！
你们看全国的哀号！
你们看全国的丧服！
你们看全国颜面的沉默！
花将为你们失色，
鸟将为你们失音；
酒将不复在我们口中，
笑将不复在我们唇上！
仇敌呀！仇敌呀——
来，来，来，
我们将与他沉沦！
我们都将与他沉沦！

原载 1925 年 6 月 28 日《文学周报》第 179 期。

我的南方

我的南方,
我的南方,
那儿是山乡水乡!
那儿是醉乡梦乡!
五年来的彷徨,
羽毛般地飞扬!

原载 1925 年 10 月 20 日《语丝》第 48 期。

战　争
　　——呈 W 君

真聪明的达尔文,
他发现了"生存竞争"!
花团锦簇的世界,
只是一座森森的武库罢了;
锦簇花团的世界,
只是一场全武行罢了。
上帝派遣儿女们到这世界来时,
原是给了全副武装的。
一手一足之烈么,
便是笨拙的刀枪剑戟;
眼的明．耳的聪么,
便是精巧的快枪与勃朗宁;
最后才给心思与言语,
那便是冲锋陷阵的机关枪和重炮了。
真是,全能的上帝呀!
上帝最初也告诉他们:
只用刀枪剑戟玩玩够了,
别的是轻易使不得的!
但刀枪剑戟有钝的日子,
他们觉得太寒尘了;
便恭恭敬敬揭开他老人家的封条,
不客气的拿起快枪与勃朗宁,

帮助自己的成功，
帮助自己的伟大。
"帮助自己"是上帝最高兴的！
但快枪与勃朗宁
究竟还不痛快；
既然开了杀戒，
何必半推半就的？
索性大大的施展一番身手，
才不丢了全能者的脸面呀！
于是机关枪和重炮上了场，
而世界也真成了花团锦簇的了。
用刀枪剑戟肉搏，可笑的；
用快枪与勃朗宁，
也只杀在小小的圈子里，有限的！
机关枪和重炮才有些意思，
远大得很，
远大得很！
而战场上的呐喊厮杀之声
倒反减少了；
场面上的确雍容大雅得多了！
在生人间，
在朋友间，
在父子间，
便是在夫妇间，
大家都是戎装相见；
赤裸裸的他我你是找不着的，
而且也没工夫找的。
大家用心思指挥，
用言语布防，

用眼侦察，
用耳斥候，
进行着大大小小的战争。
这种战争你随时遇到，
无论在谁的面前；
而且永无休止，
即便是一秒钟的时候。
上帝高坐看戏，
只有一个达尔文，
曾在台上大喊："生存竞争"。
现在达尔文早已死了，
上帝还是安安稳稳地看他的戏，
他是老而不死的！

1926 年 2 月 26 日

塑我自己的像

在我的儿时，
家里人教给我塑像；
他们给我泥和水，
又给一把粗笨的刀；
让我在一间小屋里，
塑起自己的像。
他们教给我
好好的塑一座天官像。
我觉得天官脸上的笑太多了，
而且弯腰曲背怪难看的；
我背了他们，
偷偷地塑起了一座将军。
他骑着一匹骏马，
拿着一把宝刀——
那种一往无前的气概，
仿佛全世界已经是他的了。
家里人走来看见，
都微微的笑着。
但是骏马与宝刀
终于从梦里飞去，
我手里只剩了一支笔！
我于是悄悄打碎了那座像，

打主意另塑一个；
这是一个"思想者"，
他用手支持着他的下巴：
永远的冷，在他脸上，
永远的热，在他头上。
这时我不但有泥和水，
而且弄到了些颜色；
但是还只有那一把刀。
我想塑这个像在大都的公园里。
但是太阳太热了，
风太猛了，雨又太细了；
这么塑，那么塑，
塑了好些年，怎么也塑不成！
塑不成，告诉谁呢？
这时候我已在远方了。
我的手只剩这样那样的乱着！
我一下忽然看见陡削的青山，
又是汪洋的海水；
我重复妄想在海天一角里，
塑起一座小小的像！
这只是一个"寻路的人"，
只想在旧世界里找些新路罢了。
这座像，真只是一座小小的像，
神应该帮助我！
但我的刀已太钝了，
我的力已太微了；
而且人们的热望也来了，
人们的骄矜也来了：
骄矜足以压倒我，

热望也足以压倒我。
我胆小了,手颤了,
我的像在未塑以前已经碎了!
但我还是看见它云雾中立着——
但我也只看见它在云雾中立着!

原载1926年6月4日《清华文艺》。

无 题

夜成一诗，乃旧瓶装新酒也。

初夏一片绿，
浩浩大海水，
粼粼起细波；
甜风亲波嘴，
嘴里慢声歌。
纤新照黄昏，
苗条杨柳叶；
孩子的掐痕，
村姑的笑靥。
画布上妖娇，
酒杯里烧刀；
老蒙古身上，
成年成月的脂膏。

录自 1933 年 5 月 13 日作者日记。

玉兰花

此乃注定失败之作,戏为试验也。

大觉寺里玉兰花,
笔挺挺的一丈多;
仰起头来帽子落,
看见树顶真巍峨。
像宝塔冲霄之势,
尖儿上星斗森罗。
花儿是万枝明烛,
一个焰一个嫦娥;
又像吃奶的孩子,
一支支小胖胳膊,
嫩皮肤蜜糖欲滴,
眨着眼儿带笑涡。
上帝一定在此地,
我默默等候抚摩。

1935年4月15日作者日记。

挽一多先生

你是一团火,
照彻了深渊;
指示着青年,
失望中抓住自我。
你是一团火,
照明了古代;
歌舞和竞赛,
有力猛如虎。
你是一团火,
照见了魔鬼;
烧毁了自己!
遗烬里爆出个新中国!

1946年8月16日

小舱中的现代

"洋糖百合稀饭,
三个铜板一碗,
那个吃的?"
"竹耳扒,破费你老人家一个板;
只当空手要的!"
"吃面吧,那个吃饺面呢?"
"潮糕要吧?开船早哩!"
"行好的大先生,你可怜可怜我们娘儿俩啵——
肚子饿了好两天罗!"
"梨子,一角钱五个,不甜不要钱!"
"到扬州住那一家?
照顾我们吧;
有小房间,二角八分一天!"
"看份报销消遣?"
"花生,高粱酒吧?"
"铜锁要把?带一把家去送送人!"
"郭郭郭郭",一叠春画儿闪过我的眼前;
卖者眼里的声音,"要吧!"
"快开头了,贱卖啦。
梨子,一角钱八个,那个要哩?"
拥拥挤挤堆堆叠叠间,
只剩了尺来宽的道儿;

在溷浊而紧张的空气里，
一个个畸异的人形
憧憧地赶过了——
梯子上下来，
梯子上上去。
上去，上去！
下来，下来！
灰与汗涂着张张黄面孔，
炯炯的有饥饿的眼光；
笑的两颊，
叫的口
检点的手，
更都有着异样的展开的曲线，
显出努来的痕迹；
就像饿了的野兽们本能地想攫着些鲜血和肉一般，
他们也被什么驱迫着似的，
想攫着些黯淡的铜板，白亮的角子！
在他们眼里，
舱里拥挤着的堆叠着的，
正是些铜元和角子！——
只饰着人形罢了，
只饰着人形罢了。
可是他们试试攫取的时候，
人形们也居然反抗了；
于是开始了那一番战斗！
小舱变了战场，
他们变了战士，
我们是被看做了敌人！
从他们的叫嚣里，

我听出杀杀的喊呼;
从他们的顾盼里,
我觉出索索的颤抖;
从他们的招徕里,
我看出他们受伤似地挣扎;
而掠夺的贪婪,
对待的残酷,
隐约在他们间,
也正和在沙场士兵们间一样!
这也是大战了哩。
我,参战的一员,
从小舱的一切里,
这样,这样,
悄然认识了那窒着息似的现代了。

1922年7月21日,镇江扬州小轮中所感,30日作于扬州。

第二卷

翻译诗选

偷睡的

泰戈尔

谁从孩子双眼里偷了睡去呢!
我得知道。
系了伊的瓶在伊的腰间,
母亲往近村取水去了。
这是个正午,
孩子们游戏时间过了;
池中鸭子们都默着。
牧童熟睡在榕树底荫下。
鹤儿在檬果林旁沼池里肃静地立了。
那时偷睡的走来,
从孩子双眼里夺取了睡,
便飞了开去。
母亲回来时,
只见孩子在满屋里爬着游着了。
谁从我们孩子双眼里偷了睡去呢?
我得知道。
我得找着伊,将伊锁了。
我得找到那黑洞里;
便是在许许多多滴溜溜圆的,
和愁眉苦脸的石头之间,
有条小河涓涓流着的了。
我得找到巴古拉①林底倦影里;

那里有群鸽们据了他们的一方咕咕地叫着；
在星光灿烂的夜静里，
更有仙子们的踝镯叮叮响着。
黄昏时分，
我将在那萤儿们挥霍他的光的，
窃窃私语着的竹林的沉默当中，
我将问讯着每个遇着的活的东西，
"有人能告诉我偷睡的在那儿住么？"
谁从孩子底双眼里偷了睡去呢？
我得知道。
只要我能捉着伊了，
不该给伊一回十足的教训么？
我要攻入伊的窝中，
看伊将所偷的睡都放在哪里。
我要全劫夺了他，带了回家。
我要将伊的两翅牢牢缚了，
放伊在河岸上，
让伊用一枝芦苇在苇丛和睡莲当中钓鱼玩儿去罢。
晚上买卖完了，
村上孩子们坐在他们母亲的膝上时，
夜莺们都带着嘲笑在伊两耳边嚷道：
"现在你将去偷谁的睡呢？"

注：①巴古拉木，一种亚热带乔木。

源 头

泰戈尔

那匆匆飞上孩子双眼的睡,
有人知道他从那里来么?
是了,听说他住在萤光朦朦映着的林荫当中的仙村里;
就是有两颗羞羞缩缩的魔芽儿悬着的地方了,
光泽便从那里来,
吻孩子底双眼。
孩子睡底时候,那在唇边闪烁的微笑!
有人知道他生于何处么?
是了,听说有一缕年轻的,
苍白的新月底光,
触在正散着的秋云底边上;
那微笑便在露洗过的早晨底梦里诞生了——
就是孩子睡时,在他唇边闪烁的那微笑。
那甜软的光泽,
在孩子手足上花一般焕发的——
有人知道他一向是
在那儿藏着么?
是了,那母亲还是小姑娘时,
他就灌透了伊的心,
躺在温柔而沉默的爱底神秘里了——
便是那甜软的光泽,
在孩子手足上如花地焕发的。

女儿的歌

Davies

一

也许造乐园的上帝,
误落了一粒种子,
到时间底近旁;
便长成现在了?

二

你我拾着了生命,
诧异地看他;
不知要不要留他当一件玩意儿呢?
他像红花炮一般——好看,
我们又晓得,他是点着了;
"线儿"正烧时,我们早将他丢下了。

三

花啊!
我也就要死了——
不要这般骄傲呵!

四

海湾里岛上边,
太阳孤零零地快死了。
罂粟花啊,闭了你们的眼罢——
我不愿你们见着死,
你们这般年轻呵。

五

太阳落了,
像一滴血,
从英雄身上落下。
我们爱痛苦的,
正欢喜这个哩!

两性观

多罗色·巴克尔（DorothyParker）

女人要一夫一妻；
男人偏喜欢新奇。
爱情是女人的日月；
男人有别样的花色。
女人跟她丈夫过一生；
男人数上十下就头疼。
总起来说既这般如此，
天下还会有什么好事？

苹果树

多罗色·巴克尔（DorothyParker）

头回我们看见这苹果树，
枝条濯濯，直而发灰；
可是我们简直无忧无虑，
虽然春天姗姗其来。

末后我和这棵树分了手，
枝条挂着果实沉沉；
可是我更无馀力哀愁，
夏天的死，年纪轻轻。

难 民

古董家准不要这些面孔:
搭拉着皮扯着低沉的思想——
心在枯焦,
剩下堕落的微光。

这些人竟忘掉了思想可以帽子般抛向太阳,
但,别轻看他们眼圈儿里燃着的火焰。

冬鸳鸯菊

簇着,小小的仿佛一口气,
不是棵花儿,倒是一群人;
好像在用心头较热的力,
造他们心头自己的气温。

他们活着,不怨载他们的
地土,也不怨他们的出世。
他们跟大地最是亲近的,
他们懂得大地怎么回事;
这儿冬天用枯枝的指头,
将我们拘入我们的门槛,
他们却承受一年最冷流,
建筑他们的家园在中间。

附录

《古诗十九首》释

朱自清

诗是精粹的语言。因为是"精粹的",便比散文需要更多的思索,更多的吟味;许多人觉得诗难懂,便是为此。但诗究竟是"语言",并没有真的神秘;语言,包括说的和写的,是可以分析的;诗也是可以分析的。只有分析,才可以得到透彻的了解;散文如此,诗也如此。有时分析起来还是不懂,那是分析得还不够细密,或者是知识不够,材料不足;并不是分析这个方法不成。这些情形,不论文言文、白话文、文言诗、白话诗,都是一样。不过在一般不大熟悉文言的青年人,文言文,特别是文言诗,也许更难懂些罢了。

我们设"诗文选读"这一栏,便是要分析古典和现代文学的重要作品,帮助青年诸君的了解,引起他们的兴趣,更注意的是要养成他们分析的态度。只有能分析的人,才能切实欣赏;欣赏是在透彻的了解里。一般的意见将欣赏和了解分成两橛,实在是不妥的。没有透彻的了解,就欣赏起来,那欣赏也许会驴唇不对马嘴,至多也只是模糊影响。一般人以为诗只能综合地欣赏,一分析诗就没有了。其实诗是最错综、最多义的,非得细密的分析工夫,不能捉住它的意旨,若是囫囵吞枣地读去,所得着的怕只是声调、辞藻等一枝一节,整个儿的诗会从你的口头、眼下滑过去。

本文选了《古诗十九首》作对象,有两个缘由。一来《十九首》可以说是我们最古的五言诗,是我们诗的古典之一。所谓"温柔敦厚""怨而不怒"的作风,《三百篇》之外,《十九首》是最重要的代表。直到六朝,五言诗都以这一类古诗为标准;而从六朝以来的诗论,还都以这一类诗为正宗。《十九首》影响之大,从此可知。

二来《十九首》既是诗的古典,说解的人也就很多。古诗原来很不少,梁代昭明太子(萧统)的《文选》里却只选了这十九首。《文选》成了古典,《十九首》也就成了古典;《十九首》以外,古诗流传到后世的,也就有限了。唐代李善和"五臣"给《文选》作注,当然也注了《十九首》。嗣后历代都有说解《十九首》的,但除了《文选》注家和元代刘履的《选诗补注》,整套作解的似乎没有。清代笺注之学很盛,独立说解《十九首》的很多。近人隋树森先生编有《古诗十九首集释》一书(中华版),搜罗历来《十九首》的整套的解释,大致完备,很可参看。

这些说解,算李善的最为谨慎、切实;虽然他释"事"的地方多,释"义"的地方少。"事"是诗中引用的古事和成辞,普通称为"典故"。"义"是作诗的意思或意旨,就是我们日常说话里的"用意"。有些人反对典故,认为诗贵自然,辛辛苦苦注出诗里的典故,只表明诗句是有"来历"的,作者是渊博的,并不能增加诗的价值。另有些人也反对典故,却认为太麻烦,太繁琐,反足为欣赏之累。

可是,诗是精粹的语言,暗示是它的生命。暗示得从比喻和组织上作工夫,利用读者联想的力量,组织得简约紧凑,似乎断了,实在连着。比喻或用古事成辞,或用眼前景物。典故其实是比喻的一类。这首诗那首诗可以不用典故,但是整个儿的诗是离不开典故的。旧诗如此,新诗也如此;不过新诗爱用外国典故罢了。要透彻地了解诗,在许多时候,非先弄明白诗里的典故不可。陶渊明的诗,总该算"自然"了,但他用的典故并不少。从前人只囫囵读过,直到近人古直先生的《靖节诗笺定本》,才细细地注明。我们因此增加了对于陶诗的了解,虽然我们对于古先生所解释的许多篇陶诗的意旨并不敢苟同。李善注《十九首》的好处,在他所引的"事"都跟原诗的文义和背景切合，帮助我们的了解很大。

别家说解，大都重在意旨。有些是根据原诗的文义和背景，却忽略了典故，因此不免望文生义，模糊影响。有些并不根据全篇的文义、典故、背景，却只断章取义，让"比兴"的信念支配一切。所谓"比兴"的信念，是认为作诗必关教化；凡男女私情、相思离别的作品，必有寄托的意旨——不是"臣不得于君"，便是"士不遇知己"。这些人似乎觉得相思、离别等等私情不值得作诗；作诗和读诗，必须能见其大。但是原作里却往往不见其大处。于是他们便抓住一句两句，甚至一词两词，曲解起来，发挥开去，好凑合那个传统的信念。这不但不切合原作，并且常常不能自圆其说；只算是无中生有，驴唇不对马嘴罢了。

据近人的考证，《十九首》大概作于东汉末年，是建安（献帝）诗的前驱。李善就说过，诗里的地名像"宛""洛""上东门"，都可以见出有一部分是东汉人作的；但他还相信其中有西汉诗。历来认为《十九首》里有西汉诗，只有一个重要的证据，便是第七首里"玉衡指孟冬"一句话。李善说，这是汉初的历法。后来人都信他的话，同时也就信《十九首》中一部分是西汉诗。不过李善这条注并不确切可靠，俞平伯先生有过详细讨论，载在《清华学报》里。我们现在相信这句诗还是用的夏历。此外，梁启超先生的意见，《十九首》作风如此相同，不会分开在相隔几百年的两个时代（《美文及其历史》）。徐中舒先生也说，东汉中叶，文人的五言诗还是很幼稚的；西汉若已有《十九首》那样成熟的作品，怎么会有这种现象呢！（《古诗十九首考》，中大语言历史研究所《周刊》六十五期）

《十九首》没有作者，但并不是民间的作品，而是文人仿乐府作的诗。乐府原是入乐的歌谣，盛行于西汉。到东汉时，文人仿作乐府辞的极多；现存的乐府古辞，也大都是东汉的。仿作乐府，最初大约是依原调，用原题；后来便有只用原题的。再后便有不依原调，不用原题，只取乐府原意作五言诗的了。这种作品，文人化的程度虽然已经很高，题材可还是民间的，如人生不常，及时行乐，离别，相思，客愁，等等。这时代作诗人的个性还见不出，而每首诗的作者，也并不限于一个人，所以没有主名可指。《十九首》就是这类诗；诗中常用典故，正是文人的色彩。但典故并不妨害《十九首》的"自然"，因为这类诗究竟是民间味，而且只是浑括的抒叙，还没到精细描写的地步，所以就觉得"自然"了。

本文先抄原诗。诗句下附列数字，李善注便依次抄在诗后；偶有不是李善的注，都在下面记明出处，或加一"补"字。注后是说明，这儿兼采各家，去取以切合原诗与否为准。

一

行行重行行，与君生别离。①
相去万余里，各在天一涯。②
道路阻且长，会面安可知。③
胡马依北风，越鸟巢南枝。④
相去日已远，衣带日已缓。⑤
浮云蔽白日，游子不顾反。⑥
思君令人老⑦，岁月忽已晚。
弃捐勿复道，努力加餐饭⑧。

注：
① 《楚辞》曰："悲莫悲兮生别离。"
② 《广雅》曰："涯，方也。"
③ 《毛诗》曰："溯洄从之，道阻且长。"薛综《西京赋注》曰："安，焉也。"
④ 《韩诗外传》曰："诗云'代马依北风，飞鸟栖故巢'，皆不忘本之谓也。"《盐铁论·未通》篇："故代马依北风，飞鸟翔故巢，

莫不哀其生。"（徐中舒《古诗十九首考》）《吴越春秋》："胡马依北风而立，越燕望海日而熙，同类相亲之意也。"（同上）

⑤《古乐府》歌曰："离家日趋远，衣带日趋缓。"

⑥浮云之蔽白日，以喻邪佞之毁忠良，故游子之行，不顾反也。《文子》曰："日月欲明，浮云盖之。"贾陆《新语》曰："邪臣之蔽贤，犹浮云之障日月。"《古杨柳行》曰："谗邪害公正，浮云蔽白日。"义与此同也。郑玄《毛诗笺》曰："顾，念也。"

⑦《小雅》："维忧用老。"（孙钿评《文选》语）

⑧《史记·外戚世家》："平阳主拊其（卫子夫）曰：'行矣，强饭，勉之！'"蔡邕（？）《饮马长城窟行》："长跪读素书，书中竟何如？上有'加餐饭'，下有'长相忆'。"（补）

诗中引用《诗经》《楚辞》，可见作者是文人。"生别离"和"阻且长"是用成辞，前者暗示"悲莫悲兮"的意思，后者暗示"从之"不得的意思。借着引用的成辞的上下文，补充未申明的含意，读者若能知道所引用的全句以至全篇，便可从联想领会得这种含意。这样，诗句就增厚了力量。这所谓词短意长，以技巧而论，是很经济的。典故的效用便在此。"思君令人老"脱胎于"维忧用老"，而稍加变化；知道《诗经》的句子的读者，就知道本诗这一句是暗示着相思的烦忧了。《冉冉孤生竹》一首里，也有这一语，歌谣的句子原可套用，《十九首》还不脱歌谣的风格，无怪其然。"相去"两句也是套用古乐府歌的句子，只换了几个词。"日已"就是《去者日以疏》一首里的"日以"，和"日趋"都是"一天比一天"的意思；"离家"变为"相去"，是因为诗中主人身份不同，下文再论。

"代马""飞鸟"两句，大概是汉代流行的歌谣；《韩诗外传》和《盐铁论》都引到这两个比喻，可见。到了《吴越春秋》，才改为散文，下句的题材并略略变化。这种题材的变化，一面是环境的影响，一面是文体的影响。越地滨海，所以变了下句；但越地不以马著,所以不变上句。东汉文体,受辞赋的影响,不但趋向骈偶,并且趋向工切。"海日"对"北风",自然比"故巢"工切得多。本诗引用这一套比喻,因为韵的关系,又变用"南枝"对"北风",却更见工切了。至于"代马"变为"胡马",也许只是作诗人的趣味;歌谣原是常常修改的。但"胡马"两句的意旨,却还不外乎"不忘本""哀其生""同类相亲"三项。这些得等弄清诗中主人的身份再来说明。

"浮云蔽白日"也是个套句。照李善注所引证,说是"以喻邪佞之毁忠良",大致是不错的。有些人因此以为本诗是逐臣之辞;诗中主人是在远的逐臣,"游子"便是逐臣自指。这样,全诗就都是思念君王的话了。全诗原是男女相思的口气;但他们可以相信,男女是比君臣的。男女比君臣,从屈原的《离骚》创始,后人这个信念,显然是以《离骚》为依据。不过屈原大概是神仙家。他以"求女"比思君,恐怕有他信仰的因缘,他所求的是神女,不是凡人。五言古诗从乐府演化而出,乐府里可并没有这种思想。乐府里的羁旅之作,大概只说思乡,《十九首》中《去者日以疏》《明月何皎皎》两首,可以说是典型。这些都是实际的。《涉江采芙蓉》一首,虽受了《楚辞》的影响,但也还是实际的思念"同心"人,和《离骚》不一样。在乐府里,像本诗这种缠绵的口气,大概是居者思念行者之作。本诗主人大概是个"思妇",如张玉穀《古诗赏析》所说;"游子"与次首《荡子行不归》的"荡子"同意。所谓诗中主人,可并不一定是作诗人;作诗人是尽可以虚拟各种人的口气,代他们立言的。

但是"浮云蔽白日"这个比喻,究竟该怎样解释呢?朱筠说:"'不顾反'者,本是游子薄幸;不肯直言,却托诸浮云蔽日。言我思子而子不思归,定有谗人间之;不然,胡不返耶?"(《古诗十九首说》)张玉穀也说:"浮云蔽日,喻有所惑,游不顾返,点出负心,略露怨意。"两家说法,似乎都以白日比游子,浮云比谗人;

谗人惑游子是"浮云蔽白日"。就"浮云"两句而论，就全诗而论，这解释也可通。但是一个比喻往往有许多可能的意旨，特别是在诗里。我们解释比喻，不但要顾到当句当篇的文义和背景，还要顾到那比喻本身的背景，才能得着它的确切的意旨。见仁见智的说法，到底是不足为训的。"浮云蔽白日"这个比喻，李善注引了三证，都只是"谗邪害公正"一个意思。本诗与所引三证时代相去不远，该还用这个意思。不过也有两种可能：一是那游子也许在乡里被"谗邪"所"害"，远走高飞，不想回家。二也许是乡里中"谗邪害公正"，是非黑白不分明，所以游子不想回家。前者是专指，后者是泛指。我不说那游子是"忠良"或"贤臣"，因为乐府里这类诗的主人，大概都是乡里的凡民，没有朝廷的达官的缘故。

明白了本诗主人的身份，便可以回头吟味"胡马""越鸟"那一套比喻的意旨了。"不忘本"是希望游子不忘故乡。"哀其生"是哀念他的天涯漂泊。"同类相亲"是希望他亲爱家乡的亲戚故旧乃至思妇自己，在游子虽不想回乡，在思妇却还望他回乡。引用这一套彼此熟习的比喻，是说物尚有情，何况于人？是劝慰，也是愿望。用比喻替代抒叙，作诗人要的是暗示的力量；这里似是断处，实是连处。明白了诗中主人是思妇，也就明白诗中套用古乐府歌"离家"那两句时，为什么要将"离家"变为"相去"了。

"衣带日已缓"是衣带日渐宽松。朱筠说："与'思君令人瘦'一般用意。"这是就果显因，也是暗示的手法，带缓是果，人瘦是因。"岁月忽已晚"和《东城高且长》一首里"岁暮一何速"同意，指的是秋冬之际岁月无多的时候。"弃捐勿复道，努力加餐饭"两语，解者多误以为全说的诗中主人自己。但如注⑧所引，"强饭""加餐"明明是汉代通行的慰勉别人的话语，不当反用来说自己。张玉穀解这两句道，"不恨己之弃捐，惟愿彼之强饭"，最是分明。我们的语言，句子没有主语是常态，有时候很容易弄错；诗里更其如此。"弃捐"就是"见弃捐"，也就是"被弃捐"；施受的语气同一句式，也是我们语言的特别处。这"弃捐"在游子也许是无可奈何,非出本愿,在思妇却总是"弃捐",并无分别,所以她含恨说:"反正我是被弃了,不必再提罢;你只保重自己好了!"

本诗有些复沓的句子。如既说"相去万余里",又说"道路阻且长",又说"相去日已远",反复说一个意思;但颇有增变。"衣带日已缓"和"思君令人老"也同一例。这种回环复沓,是歌谣的生命;许多歌谣没有韵,专靠这种组织来建筑它们的体格,表现那强度的情感。只看现在流行的许多歌谣,或短或长,都从回环复沓里见出紧凑和单纯,便可知道。不但歌谣,民间故事的基本形式,也是如此。诗从歌谣演化,回环复沓的组织也是它的基本;《三百篇》和屈原的"辞",都可看出这种痕迹。《十九首》出于本是歌谣的乐府,复沓是自然的;不过技巧进步,增变来得多一些。到了后世,诗渐渐受了散文的影响,情形却就不一定这样了。

二

青青河畔草,郁郁园中柳。
盈盈楼上女,皎皎当窗牖。
娥娥红粉妆,纤纤出素手。
昔为倡家女,今为荡子妇。
荡子行不归,空床难独守。

这显然是思妇的诗;主人公便是那"荡子妇"。"青青河畔草,郁郁园中柳"是春光盛的时节,是那荡子妇楼上所见。荡子妇楼上开窗远望,望的是远人,是那"行不归"的"荡子"。她却只见远处一片草,近处一片柳。那草沿着河畔一直青青下去,似乎没有尽头——也许会一直青青到荡子的所在罢。传为蔡邕作的那首《饮马长城窟行》开端道:"青青河边草,绵绵思远道。"正是这个意思。

那茂盛的柳树也惹人想念远行不归的荡子。《三辅黄图》说："灞桥在长安东……汉人送客至此桥，折柳赠别。""柳"谐"留"音，折柳是留客的意思。汉人既有折柳赠别的风俗，这荡子妇见了"郁郁"起来的"园中柳"，想到当年分别时依依留恋的情景，也是自然而然的。再说，河畔的草青了，园中的柳茂盛了，正是行乐的时节，更是少年夫妇行乐的时节。可是"荡子行不归"，辜负了青春年少；及时而不能行乐，那是什么日子呢！况且草青、柳茂盛，也许不止一回了，年年这般等闲地度过春光，那又是什么日子呢！

"盈盈楼上女，皎皎当窗牖，娥娥红粉妆，纤纤出素手。"描画那荡子妇的容态姿首。这是一个艳妆的少妇。"盈"通"嬴"。《广雅》："嬴，容也。"就是多仪态的意思。"皎"，《说文》："月之白也。"说妇人肤色白皙。吴淇《选诗定论》说这是"以窗之光明、女之丰采并而为一"，是不错的。这两句不但写人，还夹带叙事；上句登楼，下句开窗，都是为了远望。"娥"，《方言》："秦晋之间，美貌谓之娥。""妆"又作"粧""装"，饰也，指涂粉画眉而言。"纤纤女手，可以缝裳"，是《韩诗·葛屦》篇的句子（《毛诗》作"掺掺女手"）。《说文》："纤，细也。""掺，好手貌。""好手貌"就是"细"，而"细"说的是手指。《诗经》里原是叹息女人的劳苦，这里"纤纤出素手"却只见凭窗的姿态——"素"也是白皙的意思。这两句专写窗前少妇的脸和手，脸和手是一个人最显著的部分。

"昔为倡家女，今为荡子妇"，叙出主人公的身份和身世。《说文》："倡，乐也。"就是歌舞妓。"荡子"就是"游子"，跟后世所谓"荡子"略有不同。《列子》里说："有人去乡土游于四方而不归者，世谓之为狂荡之人也。"可以为证。这两句诗有两层意思。一是昔既作了倡家女，今又作了荡子妇，真是命不由人。二是作倡家女热闹惯了，作荡子妇却只有冷清清的，今昔相形，更不禁身世之感。况且又是少年美貌，又是春光盛时。荡子只是游行不归，独守空床自然是"难"的。

有人以为诗中少妇"当窗""出手",未免妖冶,未免卖弄,不是贞妇的行径。《诗经·伯兮》篇道:"自伯之东,首如飞蓬;岂无膏沐,谁适为容。"贞妇所行如此。还有说"空床难独守",也不免于野,不免于淫。总而言之,不免放滥无耻,失性情之正,有乖于温柔敦厚、怨而不怒的诗教。话虽如此,这些人却没胆量贬驳这首诗,他们只能曲解这首诗是比喻。《十九首》原没有脱离乐府的体裁。乐府多歌咏民间风俗,本诗便是一例。世间是有"昔为倡家女,今为荡子妇"的女人,她有她的身份,有她的想头,有她的行径。这些跟《伯兮》里的女人满不一样,但别恨离愁却一样。只要真能表达出来这种女人的别恨离愁,恰到好处,歌咏是值得的。本诗和《伯兮》篇的女主人公其实都说不到贞淫上去,两诗的作意只是怨。不过《伯兮》篇的怨浑含些,本诗的怨刻露些罢了。艳妆登楼是少年爱好,"空床难独守"是不甘岑寂,其实也都是人之常情;不过说"空床"也许显得亲热些。"昔为倡家女"的荡子妇,自然没有《伯兮》篇里那贵族的女子节制那样多。妖冶,野,是有点儿;卖弄,淫,放滥无耻,便未免是捕风捉影的苛论。王昌龄有一首《春闺》诗道:"闺中少妇不知愁,春日凝妆上翠楼。忽见陌头杨柳色,悔教夫婿觅封侯。"正是从本诗变化而出。诗中少妇也是个荡子妇,不过没有说是倡家女罢了。这少妇也是"春日凝妆上翠楼",历来论诗的人却没有贬驳她的。潘岳《悼亡诗》第二首有句道:"展转眄枕席,长簟竟床空。床空委清尘,室虚来悲风。"这里说"枕席",说"床空",却赢得千秋的称赞。可见艳妆登楼跟"空床难独守"并不算卖弄、淫、放滥无耻。那样说的人只是凭了"昔为倡家女"一层,将后来关于"娼妓"的种种联想附会上去,想着那荡子妇必有种种坏念头、坏打算在心里。那荡子妇会不会有那些坏想头,我们不得而知,但就诗论诗,却只说到"难独守"就戛然而止,还只是怨,怨而不至于怒。这并不违背温柔敦厚的诗教。至于将不相干的成见读进诗里去,那是最足以妨碍了解的。

陆机《拟古诗》差不多亦步亦趋，他拟这一首道："靡靡江离草，熠耀生河侧。皎皎彼姝女，阿那当轩织。粲粲妖容姿，灼灼美颜色。良人游不归，偏栖独只翼。空房来悲风，中夜起叹息。"又，曹植《七哀诗》道："明月照高楼，流光正徘徊。上有愁思妇，悲叹有余哀。借问叹者谁？言是客子妻。君行逾十年，贱妾常独栖。"这正是化用本篇语意。"客子"就是"荡子"，"独栖"就是"独守"。曹植所了解的本诗的主人公，也只是"高楼"上一个"愁思妇"而已。"倡家女"变为"彼姝女"，"当窗牖"变为"当轩织"，"粲粲妖容姿，灼灼美颜色"还保存原作的意思。"良人游不归"就是"荡子行不归"，末三语是别恨离愁。这首拟作除"偏栖独只翼"一句稍稍刻露外，大体上比原诗浑含些，概括些；但是原诗作意只是写别恨离愁而止，从此却分明可以看出。陆机去《十九首》的时代不远，他对于原诗的了解该是不至于有什么歪曲的。

评论这首诗的都称赞前六句连用叠字。顾炎武《日知录》说："诗用叠字最难。《卫风·硕人》：'河水洋洋，北流活活。施罛濊濊，鳣鲔发发。葭菼揭揭，庶姜孽孽。'连用六叠字，可谓复而不厌，赜而不乱矣。古诗'青青河畔草……纤纤出素手'，连用六叠字，亦极自然。下此即无人可继。"连用叠字容易显得单调，单调就重复可厌了。而连用的叠字也不容易处处确切，往往显得没有必要似的，这就乱了。因此说是最难。但是《硕人》篇跟本诗六句连用叠字，却有变化——《古诗源》说本诗六叠字从"河水洋洋"章化出，也许是的。就本诗而论，青青是颜色兼生态，郁郁是生态。

这两组形容的叠字，跟下文的"盈盈"和"娥娥"，都带有动词性。例如开端两句，译作白话的调子，就得说，河畔的草青青了，园中的柳郁郁了，才合原诗的意思。"盈盈"是仪态，"皎皎"是人的丰采兼窗的光明，"娥娥"是粉黛的妆饰，"纤纤"是手指的形状。各组叠字，词性不一样，形容的对象不一样，对象的复杂度也不一样，就都显得确切不移；这就重复而不可厌，繁赜而不觉乱了。《硕人》篇连用叠字,也异曲同工。但这只是因难见巧,还不是连用叠字的真正理由。诗中连用叠字,只是求整齐,跟对偶有相似的作用。整齐也是一种回环复沓,可以增进情感的强度。本诗大体上是顺序直述下去,跟上一首不同,所以连用叠字来调剂那散文的结构。但是叠字究竟简单些;用两个不同的字,在声音和意义上往往要丰富些。而数句连用叠字见出整齐,也只在短的诗句像四言、五言里如此;七言太长,字多,这种作用便不显了。就是四言、五言,这样许多句连用叠字,也是可一而不可再。这一种手法的变化是有限度的;有人达到了限度,再用便没有意义了。只看古典的四言、五言诗中只各见了一例,就是明证。所谓"下此即无人可继",并非后人才力不及古人,只是叠字本身的发展有限,用不着再去"继"罢了。

本诗除连用叠字外,还用对偶,第一、第二句,第七、第八句都是的。第七、第八句《初学记》引作"自云倡家女,嫁为荡子妇"。单文孤证,不足凭信。这里变偶句为散句,便减少了那回环复沓的情味。"自云"直贯后四句,全诗好像曲折些。但是这个"自云"凭空而来,跟上文全不衔接。再说"空床难独守"一语,作诗人代言已不免于野,若变成"自云",那就太野了些。《初学记》的引文没有被采用,这些恐怕也都有关系的。

三

青青陵上柏,磊磊涧中石。
人生天地间,忽如远行客。
斗酒相娱乐,聊厚不为薄。
驱车策驽马,游戏宛与洛。
洛中何郁郁,冠带自相索。
长衢罗夹巷,王侯多第宅。
两宫遥相望,双阙百余尺。

极宴娱心意，戚戚何所迫。

　　本诗用三个比喻开端，寄托人生不常的慨叹。陵上柏青青，涧中石磊磊，都是长存的。青青是常青青。《庄子》："仲尼曰：'受命于地，唯松柏独也，在冬夏常青青。'"磊磊也是常磊磊。磊磊，众石也。人生却是奄忽的，短促的；"人生天地间"，只如"远行客"一般。《尸子》："老莱子曰：'人生于天地之间，寄也。'"李善说："寄者固归。"伪《列子》："死人为归人。"李善说："则生人为行人矣。"《韩诗外传》："二亲之寿，忽如过客。""远行客"那比喻大约便是从"寄""归""过客"这些观念变化而来的。"远行客"是离家远行的客，到了那里，是暂住便去，不久即归的。"远行客"比一般"过客"更不能久住，这便加强了这个比喻的力量，见出诗人的创造功夫。诗中将"陵上柏"和"涧中石"跟"远行客"般的人生对照，见得人生是不能像柏和石那样长存的。"远行客"是积极的比喻，柏和石是消极的比喻。"陵上柏"和"涧中石"是邻近的，是连类而及；取它们作比喻，也许是即景生情，也许是所谓"近取譬"——用常识的材料作比喻。至于李善注引的《庄子》里那几句话，作诗人可能想到运用，但并不必然。

　　本诗主旨可借用"人生行乐耳"一语表明。"斗酒"和"极宴"是"娱乐"，"游戏宛与洛"也是"娱乐"；人生既"忽如远行客"，"戚戚"又"何所迫"呢？《汉书·东方朔传》："销忧者莫若酒。"只要有酒，有酒友，落得乐以忘忧。极宴固可以"娱心意"，斗酒也可以"相娱乐"。极宴自然有酒友，"相"娱乐还是少不了酒友。斗是酌酒的器具，斗酒为量不多，也就是"薄"，是不"厚"。极宴的厚固然好，斗酒的薄也自有趣味——只消且当作厚不以为薄就行了。本诗"人生不常"一意，显然是道家思想的影响。"聊厚不为薄"一语似乎也在摹仿道家的反语如"大直若屈""大巧若拙"之类，意在说厚薄的分别是无所谓的。但是好像弄巧成拙了，这实在是一个弱句,五个字只说一层意思,还不能透彻地或痛快地说出。这句式前无古人,后无来者,只是一个要不得罢了。若在东晋玄言诗人手里,这意思便不至于写出这样的累句。也是时代使然。

"游戏"原指儿童。《史记·周本纪》说后稷"为儿时","其游戏好种树麻菽",该是游戏的本义。本诗"游戏宛与洛"却是出以童心,一无所为的意思。洛阳是东汉的京都。宛县是南阳郡治所在,在洛阳之南;南阳是光武帝发祥的地方,又是交通要道,当时有"南都"之称,张衡特为作赋,自然也是繁盛的城市。《后汉书·梁冀传》里说:"宛为大都,士之渊薮。"可以为证。聚在这种地方的人多半为利禄而来,诗中主人公却不如此,所以说是"游戏"。既然是游戏,车马也就无所用其讲究,"驱车策驽马"也就不在乎了。驽马是迟钝的马,反正是游戏,慢点儿没有什么的。说是"游戏宛与洛",却只将洛阳的繁华热热闹闹地描写了一番,并没有提起宛县一个字。大概是因为京都繁华第一,说了洛就可以见宛,不必再赘了吧?歌谣里本也有一种接字格,"月光光"是最熟的例子。汉乐府里已经有了,《饮马长城窟行》可见。现在的歌谣却只管接字,不管意义;全首满是片段,意义毫不衔接——全首简直无意义可言。推想古代歌谣当也有这样的,不过没有存留罢了。本诗"游戏宛与洛"下接"洛中何郁郁",便只就洛中发挥下去,更不照应上句,许就是古代这样的接字歌谣的遗迹,也未可知。

诗中写东都,专从繁华着眼。开首用了"洛中何郁郁"一句赞叹,"何郁郁"就是"多繁华呵"!"多热闹呵"!游戏就是来看热闹的,也可以说是来凑热闹的,这是诗中主人公的趣味。以下分三项来说,冠带往来是一;衢巷纵横,第宅众多是二;宫阙壮伟是三。"冠带自相索",冠带的人是贵人,贾逵《国语注》:"索,求也。""自相索"是自相往来不绝的意思。"自相"是说贵人只找贵人,不把别人放在眼下,同时也有些别人不把他们放在眼下,尽他们来往他们的——他们的来往无非趋势利、逐酒食而已。这就带些刺讥了。

"长衢罗夹巷，王侯多第宅"，罗就是列，《魏王奏事》说："出不由里门，面大道者，名曰第。"第只在长衢上。"两宫遥相望，双阙百余尺"，蔡质《汉宫典职》说："南宫北宫相去七里。"双阙是每一宫门前的两座望楼。这后两项固然见得京都的伟大，可是更见得京都的贵盛。将第一项合起来看，本诗写东都的繁华，又是专从贵盛着眼。这是诗，不是赋，不能面面俱到，只能选择最显著、最重要的一面下手。至于"极宴娱心意"，便是上文所谓凑热闹了。"戚戚何所迫"，《论语》："小人长戚戚。"戚戚，常忧惧也。一般人常怀忧惧，有什么迫不得已呢？——无非为利禄罢了。短促的人生，不去饮酒、游戏，却为无谓的利禄自苦，未免太不值得了。这一句不单就"极宴"说，是总结全篇的。

　　本诗只开头两句对偶，"斗酒"两句跟"极宴"两句复沓；大体上是散行的。而且好像说到哪里是哪里，不嫌其尽的样子，从"斗酒相娱乐"以下都如此——写洛中光景虽自有剪裁，却也有如方东树《昭昧詹言》说的："及其笔力，写到至足处。"这种诗有点散文化，不能算是含蓄蕴藉之作，可是不失为严羽《沧浪诗话》所谓"沉着痛快"的诗。历来论诗的都只赞叹《十九首》的"优柔善入，婉而多讽"，其实并不尽然。

四

今日良宴会，欢乐难具陈。
弹筝奋逸响，新声妙入神。
令德唱高言，识曲听其真。
齐心同所愿，含意俱未申。
人生寄一世，奄忽若飙尘。
何不策高足，先据要路津。
无为守穷贱，轗轲长苦辛。

这首诗所咏的是听曲感心；主要的是那种感，不是曲，也不是宴会。但是全诗从宴会叙起，一路迤逦说下去，顺着事实的自然秩序，并不特加选择和安排。前八语固然如此；以下一番感慨，一番议论，一番"高言"，也是痛快淋漓，简直不怕说尽。这确是近乎散文。《十九首》还是乐府的体裁，乐府原只像现在民间的小曲似的，有时随口编唱，近乎散文的地方是常有的。《十九首》虽然大概出于文人之手，但因模仿乐府，散文的成分不少，不过都还不失为诗。本诗也并非例外。

开端四语只是直陈宴乐。这一日是"良宴会"，乐事难以备说，就中只提乐歌一件便可见。"新声"是歌，"弹筝"是乐，是伴奏。新声是胡乐的调子，当时人很爱听。这儿的新声也许就是《西北有高楼》里的"清商"，《东城一何高》里的"清曲"。陆侃如先生的《中国诗史》据这两条引证以及别的，说清商曲在汉末很流行，大概是不错的。弹唱的人大概是些"倡家女"，从《西北有高楼》《东城一何高》二诗可以推知。这里只提乐歌一事，一面固然因为声音最易感人——"入神"便是"感人"的注脚，刘向《雅琴赋》道："穷音之至入于神。"可以参看——一面还是因为"识曲听真"，才引起一番感慨，才引起这首诗。这四语是引子，以下才是正文。再说这里"欢乐难具陈"下直接"弹筝"二句，便见出"就中只说"的意思，无须另行提明，是诗体比散文简省的地方。

"令德唱高言"以下四语，歧说甚多。上二语朱筠《古诗十九首说》说得最好："'令德'犹言能者。'唱高言'，高谈阔论，在那里说其妙处，欲令'识曲'者'听其真'。"曲有声有辞。一般人的赏识似乎在声而不在辞。只有聪明人才会赏玩曲辞，才能辨识曲辞的真意味。这种聪明人便是知音的"令德"。"高言"就是妙论，就是"人生寄一世"以下的话。"唱"是"唱和"的"唱"。聪明人说出座中人人心中所欲说出而说不出的一番话，大家自是欣然应和的，这也在"今日"的"欢乐"之中。"齐心同所愿"是人人心中所欲说,"含意俱未申"是口中说不出。二语中复沓着"齐""同""俱"等字,见得心同理同,人人如一。

　　曲辞不得而知。但是无论歌咏的是富贵人的欢还是穷贱人的苦绪,都能引起诗中那一番感慨。若是前者,感慨便由于相形见绌;若是后者,便由于同病相怜。话却从人生如寄开始。既然人生如寄,见绌便更见绌,相怜便更相怜了。而"人生一世"不但是"寄",简直像卷地狂风里的尘土,一忽儿就无踪影。这就更见迫切。"飘尘"当时是个新比喻,比"寄"比"远行客"更"奄忽",更见人生是短促的。人生既是这般短促,自然该及时欢乐,才不白活一世。富贵才能尽情欢乐,"穷贱"只有"长苦辛";那么,为什么"守穷贱"呢?为什么不赶快去求富贵呢?

　　"何不策高足,先据要路津",就是"为什么不赶快去求富贵呢",这儿又是一个新比喻。"高足"是良马、快马,"据要路津"便是《孟子》里"夫子当路于齐"的"当路"。何不驱车策良马先去占住路口渡口——何不早早弄个高官做呢——贵了也就富了。"先"该是捷足先得的意思。《史记》:"蒯通曰:'秦失其鹿,天下共逐之,高材捷足者先得焉。'"正合"何不"两句语意。从尘想到车,从车说到"辗轲",似乎是一串儿,并非偶然。辗轲,不遇也;《广韵》:"车行不利曰辗轲,故人不得志亦谓之辗轲。""车行不利"是辗轲的本义,"不遇"是引申义。《楚辞》里已只用引申义,但本义存在偏旁中,是不易埋没的。本诗用的也是引申义,可是同时牵涉着本义,与上文相照应。"无为"就是"毋为",等于"毋"。这是一个熟语。《诗经·板》篇有"无为夸毗"一句,郑玄《笺》作"女(汝)无(毋)夸毗",可证。

　　"何不"是反诘,"无为"是劝诫,都是迫切的口气。那"令德"和在座的人说,我们何不如此如此呢?我们再别如彼如彼了啊!人生既"奄忽若飘尘",欢乐自当亟亟求之,富贵自当亟亟求之,所以用得着这样迫切的口气。这是诗。这同时又是一种不平的口气。

富贵是并不易求的；有些人富贵，有些人穷贱，似乎是命运使然。穷贱的命不犹人，心有不甘；"何不"四语便是那怅惘不甘之情的表现。这也是诗。明代钟惺说："欢宴未毕，忽作热中语，不平之甚。"陆时雍说："慷慨激昂。'何不……苦辛'，正是欲而不得。"清代张玉穀说："感愤自嘲，不嫌过直。"都能搔着痒处。诗中人却并非孔子的信徒，没有安贫乐道、"君子固穷"等信念。他们的不平不在守道而不得时，只在守穷贱而不得富贵。这也不失其为真。有人说是"反辞""诡辞"，是"讽"是"谑"，那是蔽于儒家的成见。

陆机拟作变"高言"为"高谈"，他叙那"高谈"道："人生无几何，为乐常苦晏。譬彼伺晨鸟，扬声当及旦。曷为恒忧苦，守此贫与贱。""伺晨鸟"一喻虽不像"策高足"那一喻切露，但"扬声当及旦"也还是"亟亟求之"的意思。而上文"为乐常苦晏"，原诗却未明说；有了这一语，那"扬声"自然是求富贵而不是求荣名了。这可以旁证原诗的主旨。

五

西北有高楼，上与浮云齐。
交疏结绮窗，阿阁三重阶。
上有弦歌声，音响一何悲。
谁能为此曲，无乃杞梁妻。
清商随风发，中曲正徘徊。
一弹再三叹，慷慨有余哀。
不惜歌者苦，但伤知音稀。
愿为双鸣鹤，奋翅起高飞。

这首诗所咏的也是闻歌心感。但主要的是那"弦歌"的人，是从歌曲里听出的那个人。这儿弦歌的人只是一个,听歌心感的人也只是一个。"西北有高楼","弦歌声"从那里飘下来,弦歌的人是在那高楼上。那高楼高入云霄,可望而不可即。四面的窗子都"交疏结绮",玲珑工细。"交疏"是花格子,"结绮"是格子连接着像丝织品的花纹似的。"阁"就是楼,"阿阁"是"四阿"的楼。司马相如《上林赋》有"离宫别馆……高廊四注"的话,"四注"就是"四阿",也就是四面有檐,四面有廊。"三重阶"可见楼不在地上而在台上。阿阁是宫殿的建筑,即使不是帝居,也该是王侯的宅第。在那高楼上弦歌的人自然不是寻常人,更只可想而不可即。

弦歌声的悲引得听者驻足。他听着,好悲啊!真悲极了!"谁能作出这样悲的歌曲呢?莫不是杞梁妻吗?"齐国杞梁的妻子"善哭其夫",见于《孟子》。《列女传》道:"杞梁之妻无子,内外皆无五属之亲。既无所归,乃枕其夫之尸于城下而哭。内诚动人,道路过者莫不为之挥涕,十日而城为之崩。"琴曲有《杞梁妻叹》《琴操》说是杞梁妻所作。《琴操》说:梁死,"妻叹曰:'上则无父,中则无夫,下则无子,将何以立吾节?亦死而已!'援琴而鼓之。曲终,遂自投淄水而死。"杞梁妻善哭,《杞梁妻叹》是悲叹的曲调。

本诗引用这桩故事,也有两层意思。第一是说那高楼上的弦歌声好像《杞梁妻叹》那样悲。"谁能"二语和别一篇古诗里"谁能为此器?公输与鲁班!"句调相同。那两句只等于说:"这东西巧妙极了!"这两句在第一意义下,也只等于说:"这曲子真悲极了!"说了"一何悲",又接上这两句,为的是增加语气;"悲"还只是概括的,这两句却是具体的。"音响一何悲"的"音响"似乎重复了上句的"声",似乎只是为了凑成五言。古人句律宽松,这原不足为病。但《乐记》里说"声成文谓之音",而响为应声也是古义,那么,分析地说起来,"声"和"音响"还是不同的。"谁能"二语,假设问答,本是乐府的体裁。乐府多一半原是民歌,民歌有些是对着大众唱的,用了问答的语句,有时只是为使听众感觉自己在歌里也有份儿——答语好像是他们的。但那别一篇古诗里的"谁能"二语跟本诗里的,除应用这个有趣味的问答式之外,还暗示一个主旨。那就是,只有公输与鲁班能为此器(香炉),只有杞梁妻能为此曲。本诗在答语里却多了"无乃"这个否定的反诘语,那是使语气婉转些。

这儿语气带些犹疑,却是必要的。"谁能"二句其实是双关语,关键在"此曲"上。"此曲"可以是旧调旧辞,也可以是旧调新辞——下文有"清商随风发"的话,似乎不会是新调。可以是旧调旧辞,便蕴涵着"谁能"二句的第一层意思,就是上节所论的。可以是旧调新辞,便蕴涵着另一层意思。这就是说,为此曲者莫不是杞梁妻一类人吗?——曲本兼调和辞而言。这也就是说那位"歌者"莫不是一位冤苦的女子吗?宫禁里、侯门中,怨女一定是不少的;《长门赋》《团扇辞》《乌鹊双飞》所说的只是些著名的,无名的一定还多。那高楼上的歌者可能就是一个,至少听者可以这样想,诗人可以这样想。陆机拟作里便直说道:"佳人抚琴瑟,纤手清且闲。芳气随风结,哀响馥若兰。玉容谁得顾?倾城在一弹。"语语都是个女人。曹植《七哀诗》开端道:"明月照高楼,流光正徘徊。上有愁思妇,悲叹有余哀。"似乎也多少袭用本诗的意境,那高楼上也是个女人。这些都可供旁证。

"上有弦歌声"是叙事,"音响一何悲"是感叹句,表示曲的悲,也就是表示人——歌者跟听者——的悲。"谁能"二语进一步具体地写曲写人。"清商"四句才详细地描写歌曲本身,可还兼顾着人。朱筠说"随风发"是曲之始,"正徘徊"是曲之中,"一弹三叹"是曲之终,大概不错。商音本是"哀响",加上"徘徊",加上"一弹三叹",自然"慷慨有余哀"。徘徊,《后汉书·苏竟传》注说是"萦绕淹留"的意思。歌曲的徘徊也正暗示歌者心头的徘徊,听者足下的徘徊。《乐记》说:"'清庙'之瑟……一倡而三叹,有遗音者矣。"郑玄注:"倡,发歌句也;三叹,三人从而叹之耳。"这个叹大概是和声。本诗"一弹再三叹",大概也指复沓的曲句或泛声而言;一面还照顾着杞梁的妻的叹,增强曲和人的悲。《说文》:"慷慨,壮士不得志于心也。"这儿却是怨女的不得志于心。也许有人想,宫禁千门万户,侯门也深如海,外人如何听得清高楼上的弦歌声呢?这一层,姑无论诗人设想原可不必黏滞实际,就从实际说,也并非不可能的。唐代元稹的《连昌宫词》里不是说过吗,"李谟笛傍宫墙,偷得新翻数般曲"。还有,陆机说"佳人抚琴瑟",抚琴瑟自然是想象之辞,但参照别首,或许是"弹筝奋逸响"也未可知。

　　歌者的苦,听者从曲中听出想出,自然是该痛惜的。可是他说"不惜",他所伤心的只是听她的曲而知她的心的人太少了。其实他是在痛惜她,固然痛惜她的冤苦,却更痛惜她的知音太少。一个不得志的女子禁闭在深宫内院里,苦是不消说的,更苦的是有苦说不得;有苦说不得,只好借曲写心,最苦的是没人懂得她的歌曲,知道她的心。这样说来,"知音稀"真是苦中苦,别的苦还在其次。"不惜""但伤"是这个意思。这里是诗比散文经济的地方。知音是引用俞伯牙、钟子期的故事。伪《列子》道:"伯牙善鼓琴,钟子期善听。伯牙鼓琴,志在登高山,钟子期曰:'善哉!峨峨兮若泰山。'志在流水,钟子期曰:'善哉!洋洋兮若江河。'伯牙所念,钟子期必得之。"《列子》虽是伪书,但这个故事来源很古(《吕氏春秋》中有);因为《列子》里叙得合用些,所以引在这里。"伯牙所念,钟子期必得之",这才是"善听",才是知音。这样的知音也就是知心、知己,自然是很难遇的。

　　本诗的主人公是那听者,全首都是听者的口气。"不惜"的是他,"但伤"的是他,"愿为双鸣鹤,奋翅起高飞!""愿"的也是他。这末两句似乎是乐府的套语。《东城高且长》篇末作"思为双飞燕,衔泥巢君屋";伪苏武诗第二首袭用本诗的地方很多,篇末也说"愿为双黄鹄,送子俱远飞",篇中又有"何况双飞龙,羽翼临当乖"的话。苏武诗虽是伪托,时代和《十九首》相去也不会太远的。从本诗跟《东城高且长》看,双飞鸟的比喻似乎原是用来指男女的——伪苏武诗里的"双飞龙",李善《文选注》说是"喻己及朋友","双黄鹄"无注,李善大概以为跟"双飞龙"的喻意相同。这或许是变化用之。本诗的"双鸣鹤",该是比喻那听者和那歌者。一作"双鸿鹄",意同。鹤和鸿鹄都是鸣声嘹亮,跟"知音"相照应。"奋翼"句也许出于《楚辞》的"将奋翼兮高飞"。高,远也,见《广雅》。但《诗经·邶风·柏舟》篇末"静言思之,不能奋飞"二语的意思,"愿为"两句里似乎也蕴涵着。这是俞平伯先生在《葺芷缭蘅室古诗札记》里指出的。那二语却是一个受苦的女子的话。唯其那歌者不能奋飞,那听者才"愿"为鸣鹤,双双奋飞。不过,这也只是个"愿",表示听者的"惜"的"伤",表示他的深切的同情罢了,那悲哀终于是"绵绵无尽期"的。

六

> 涉江采芙蓉,兰泽多芳草。
> 采之欲遗谁,所思在远道。
> 还顾望旧乡,长路漫浩浩。
> 同心而离居,忧伤以终老。

这首诗的意旨只是游子思家。诗中引用《楚辞》的地方很多,成辞也有,意境也有,但全诗并非思君之作。《十九首》是仿乐府的,乐府里没有思君的话,汉魏六朝的诗里也没有,本诗似乎不会是例外。"涉江"是《楚辞》的篇名,屈原所作的《九章》之一。本诗是借用这个成辞,一面也多少暗示着诗中主人的流离转徙——《涉江》篇所叙的正是屈原流离转徙的情形。采芳草送人,本是古代的风俗。《诗经·郑风·溱洧》篇道:"溱与洧,方涣涣兮。士与女,方秉蕑兮。"《毛传》:"蕑,兰也。"《诗》又道:"且往观乎,洧之外，洵且乐。维士与女，伊其相谑，赠之以勺药。"郑玄《笺》说士与女分别时，"送女以勺药，结恩情也"。《毛传》说勺药也是香草。《楚辞》也道："采芳洲兮杜若，将以遗兮下女"，"搴汀州兮杜若，将以遗兮远者"，"被石兰兮带杜衡，折芳馨兮遗所思"，"折疏麻兮瑶华，将以遗兮离居"。可见采芳相赠，是结恩情的意思，男女都可，远近也都可。

本诗"涉江采芙蓉，兰泽多芳草"便说的采芳。芙蓉是莲花，《溱洧》篇的，《韩诗》说是莲花；本诗作者也许兼用《韩诗》的解释。莲也是芳草。这两句是两回事。河里采芙蓉是一回事，兰泽里采兰另是一事。"多芳草"的芳草就指兰而言。《楚辞·招魂》道："皋兰被径兮斯路渐。"王逸注："渐，没也，言泽中香草茂盛，覆被径路。"这正是"兰泽多芳草"的意思。《招魂》那句下还有"目极千里兮伤春心，魂兮归来哀江南"二语。本诗"兰泽多芳草"引用《招魂》，还暗示着伤春思归的意思。采芳草的风俗，汉代似乎已经没有。作诗人也许看见一些芳草，即景生情，想到古代的风俗，便根据《诗经》《楚辞》，虚拟出采莲、采兰的事实来。诗中想象的境地本来多，只要有暗示力就成。

采莲、采兰原为的送给"远者"，"所思"的人，"离居"的人——这人是"同心"人，也就是妻室。可是采芳送远到底只是一句自慰的话，一个自慰的念头；道路这么远这么长，又怎样送得到呢？辛辛苦苦地东采西采，到手一把芳草；这才恍然记起所思的人还在远道，没法子送去。那么，采了这些芳草是要给谁呢？不是白费吗？不是傻吗？古人道："诗之失，愚。"正指这种境地说。这种愚只是无可奈何的自慰。"采之欲遗谁，所思在远道。"不是自问自答，是一句话，是自诘自嘲。

记起了"所思在远道"，不免爽然自失。于是乎"还顾望旧乡"。《涉江》里道"乘鄂渚而反顾兮"，《离骚》里也有"忽临睨夫旧乡"的句子。古乐府道"远望可以当归"；"还顾望旧乡"又是一种无可奈何的自慰。可是"长路漫浩浩",旧乡哪儿有一些踪影呢?不免又是一层失望。漫漫,长远貌,《文选》左思《吴都赋》刘渊林注。浩浩,广大貌,《楚辞·怀沙》王逸注。这一句该是"长路漫漫浩浩"的省略。漫漫省为漫,叠字省为单辞,《诗经》里常见。这首诗以前,这首诗以后,似乎都没有如此的句子。"还顾望旧乡"一语,旧解纷歧。一说,仝诗是居者思念行者之作,还顾望乡是居者揣想行者如此这般(姜任修《古诗十九首绎》,张玉榖《古诗赏析》)。曹丕《燕歌行》道:"念君客游思断肠,慊慊思归恋故乡。"正是居者从对面揣想。但那里说出"念君",脉络分明。本诗的"还顾"若也照此解说,却似乎太曲折些。这样曲折的组织,唐宋诗里也只偶见,古诗里是不会有的。

　　本诗主人在两层失望之余,逼得只有直抒胸臆;采芳既不能赠远,望乡又茫无所见,只好心上温寻一番罢了。这便是"同心而离居,忧伤以终老"二语。由相思而采芳草,由采芳草而望旧乡,由望旧乡而回到相思,兜了一个圈子,真是无可奈何到了极处。所以有"忧伤以终老"这样激切的口气。《周易》:"二人同心。"这里借指夫妇。同心人该是生同室,死同穴,所谓"偕老"。现在却"同心而离居";"道路阻且长,会面安可知",想来是只有忧伤终老的了!"而离居"的"而"字包括着离居的种种因由、种种经历;古诗浑成,不描写细节,也是时代使然。但读者并不感到缺少,因为全诗都是粗笔,这儿一个"而"字尽够咀嚼的。"忧伤以终老"一面是怨语,一面也重申"同心"的意思——是说尽管忧伤,决无两意。这两句兼说自己和所思的人,跟上文专说自己的不同,可是下句还是侧重在自己身上。

　　本诗跟《庭中有奇树》一首,各只八句,在《十九首》中是最短的。这一首里复沓的效用最易见。首二语都是采芳草;"远道"一面跟"旧乡"是一事,一面又跟"长路漫浩浩"是一事。八句里虽然复沓了好些处,却能变化。"涉江"说"采",下句便省去"采"字,句式就各别,而两语的背景又各不相同。"远道"是泛指,"旧乡"是专指;"远道"是"天一方","长路漫浩浩"是这"一方"到那"一方"的中间。这样便不单调。而诗中主人相思的深切却得藉这些复沓处显出。既采莲,又采兰,是惟恐恩情不足。所思的人所在的地方,两次说及,也为的增强力量。既说道远,又说路长,再加上"漫浩浩",只是"会面安可知"的意思。这些都是相思,也都是"忧伤",都是从"同心而离居"来的。

七

明月皎夜光,促织鸣东壁。
玉衡指孟冬,众星何历历。
白露沾野草,时节忽复易。
秋蝉鸣树间,玄鸟逝安适。
昔我同门友,高举振六翮。
不念携手好,弃我如遗迹。
南箕北有斗,牵牛不负轭。
良无磐石固,虚名复何益。

这首诗是怨朋友不相援引,语意明白。这是秋夜即兴之作。《诗经·月出》篇:"月出皎兮……劳心悄兮。""明月皎夜光"一面描写景物,一面也暗示着悄悄的劳心。促织是蟋蟀的别名。"鸣东壁","东壁向阳,天气渐凉,草虫就暖也"(张庚《古诗十九首解》)。《诗经·七月》篇道:"七月在野,八月在宇,九月在户,十月蟋蟀入我床下。"可以参看。《春秋说题辞》说:"趣(同'促')织之为言趣(促)也。织与事遽,故趣织鸣,女作兼也。"本诗不用蟋蟀而用促织,也许略含有别人忙于工作而自己却偃蹇无成的意思。

"玉衡指孟冬,众星何历历",也是秋夜所见。但与"明月皎夜光"不同时,因为有月亮的当儿,众星是不大显现的。这也许指的上弦夜,先是月明,月落了,又是星明;也许指的是许多夜。这也暗示秋天夜长,诗中主人"忧愁不能寐"的情形。"玉衡"见《尚书·尧典》(伪古文见《舜典》),是一支玉管儿,插在璿玑(一种圆而可转的玉器)里窥测星象的。这儿却借指北斗星的柄。北斗七星,形状像个舀酒的大斗——长柄的勺子。第一星至第四星成勺形,叫斗魁;第五星至第七星成柄形,叫斗杓,也叫斗柄。《汉书·律历志》已经用玉衡比喻斗杓,本诗也是如此。古人以为北斗星一年旋转一周,他们用斗柄所指的方位定十二月二十四节气。斗柄指着什么方位,他们就说是哪个月哪个节气。这在当时是常识,差不多人人皆知。"玉衡指孟冬",便是说斗柄已经指着孟冬的方位了,这其实也就是说,现在已到了冬令了。

这一句里的孟冬,李善说是夏历的七月,因为汉初是将夏历的十月作正月的。历来以为《十九首》里有西汉诗的,这句诗是重要的客观的证据。但古代历法,向无定论。李善的话也只是一种意见,并无明确的记载可以考信。俞平伯先生在《清华学报》曾有长文讨论这句诗,结论说它指的是夏历九月中。这个结论很可信。陆机拟作道:"岁暮凉风发,昊天肃明明。招摇西北指,天汉东南倾。""招摇"是北斗的别名。"招摇西北指"该与"玉衡指孟冬"同意。据《淮南子·天文训》,斗柄所指,西北是夏历九月、十月之交的方位,而正西北是立冬的方位。本诗说"指孟冬",该是作于夏历九月立冬以后,斗柄所指该是西北偏北的方位。这跟诗中所写别的景物都无不合处。"众星何历历!"历历是分明。秋季天高气清,所谓"昊天肃明明",众星更觉分明,所以用了感叹的语调。

"明月皎夜光"四语,就秋夜的见闻起兴。"白露沾野草,时节忽复易。秋蝉鸣树间,玄鸟逝安适!"却接着泛写秋天的景物。《礼记》:"孟秋之月,白露降。"又,"孟秋,寒蝉鸣",又,"仲秋之月,玄鸟归"——郑玄注,玄鸟就是燕子。《礼记》的时节只是纪始。九月里还是有白露的，虽然立了冬，而立冬是在霜降以后，但节气原可以早晚些。九月里也还有寒蝉。八月玄鸟归，九月里说"逝安适"，更无不可。这里"时节忽复易"兼指白露、秋蝉、玄鸟三语；因为白露同时是个节气的名称，便接着"沾野草"说下去。这四语见出秋天一番萧瑟的景象，引起宋玉以来传统的悲秋之感。而"时节忽复易"，"岁暮一何速"（《东城高且长》中句），诗中主人也是"贫士失职而志不平"，也是"淹留而无成"（宋玉《九辩》），自然感慨更多。

"昔我同门友"以下便是他自己的感慨来了。何晏《论语集解》"有朋自远方来，不亦乐乎！"下引包咸曰："同门曰朋。"邢疏引郑玄《周礼注》："同门曰朋，同志曰友。"说同门是同在师门受学的意思。同门友是很亲密的，所以下文有"携手好"的话。《诗经》里道："惠而好我，携手同车。"也是很亲密的。从前的同门友现在是得意起来了。"高举振六翮"是比喻。《韩诗外传》："盖桑曰：'夫鸿鹄一举千里，所恃者六翮耳。'"翮是羽茎，六翮是大鸟的翅膀。同门友好像鸿鹄一般高飞起来了。上文说玄鸟，这儿便用鸟作比喻。前面两节的联系就靠这一点，似连似断的。同门友得意了，却"不念携手好，弃我如遗迹"了。《国语·楚语下》："灵王不顾于民，一国弃之，如遗迹焉。"韦昭注：像行路人遗弃他们的足迹一样。今昔悬殊，云泥各判，又怎能不感慨系之呢？

"南箕北有斗，牵牛不负轭。"李善注："言有名而无实也。"《诗经》："维南有箕，不可以簸扬；维北有斗，不可以挹酒浆。""彼牵牛，不以服箱。"箕是簸箕，用来扬米去糠。服箱是拉车。负轭是将轭架在牛颈上，也还是拉车。名为箕而不能簸米，名为斗而不能舀酒，名为牛而不能拉车，所以是"有名而无实"。无实的名只是"虚名"。但是诗中只将牵牛的有名无实说出，"南箕""北有斗"却只引《诗经》的成辞，让读者自己去联想。这种歇后的手法，偶然用在成套的比喻的一部分里，倒也新鲜，见出巧思。这儿的箕、斗、牵牛虽也在所见的历历众星之内,可是这两句不是描写景物而是引用典故来比喻朋友。朋友该相援引,名为朋友而不相援引,朋友也只是"虚名"。"良无磐石固",良,信也。《声类》:"磐,大石也。""固"是"不倾移",《周易·系辞下》"德之固也"注如此;《荀子·儒效》篇也道:"万物莫足以倾之之谓固。"《孔雀东南飞》里兰芝向焦仲卿说:"君当作磐石,妾当作蒲苇。蒲苇纫如丝,磐石无转移。"仲卿又向兰芝说:"磐石方且厚,可以卒千年。"可见"磐石固"是大石头稳定不移的意思。照以前"同门""携手"的情形,交情该是磐石般稳固的。可是现在"弃我如遗迹"了,交情究竟没有磐石般稳固呵。那么,朋友的虚名又有什么用处呢!只好算白交往一场罢了。

　　本诗只开端二语是对偶,"秋蝉"二语偶而不对,其余都是散行句。前节描写景物,也不尽依逻辑的顺序,如促织夹在月星之间以及"时节忽复易"夹在白露跟秋蝉、玄鸟之间。但诗的描写原不一定依照逻辑的顺序,只要有理由。"时节"句上文已论。"促织"句跟"明月"句对偶着,也就不觉得杂乱。而这二语都是韵句,韵脚也给它们凝整的力量。再说从大处看,由秋夜见闻起手,再写秋天的一般景物,层次原也井然。全诗又多直陈,跟《青青陵上柏》《今日良宴会》有相似处,但结构自不相同。诗中多用感叹句,如"众星何历历!""时节忽复易!""玄鸟逝安适!""虚名复何益!"也和《青青陵上柏》里的"极宴娱心意,戚戚何所迫!"《今日良宴会》里的"何不策高足,先据要路津?无为守穷贱,轲长苦辛!"相似。直陈要的是沉着痛快,感叹句能增强这种效用。诗中可也用了不少比喻。六翮、南箕、北斗、牵牛,都是旧喻新用,磐石是新喻,玉衡、遗迹,是旧喻。这些比喻,特别是箕、斗、牵牛那一串儿,加上开端二语牵涉到的感慨,足以调剂直陈诸语,免去专一的毛病。本诗前后两节联系处很松泛,上面已述及,松泛得像歌谣里的接字似的。《青青陵上柏》里利用接字增强了组织,本诗"六翮"接"玄鸟",

前后是长长的两节,这个效果便见不出。不过,箕、斗、牵牛既照顾了前节的"众星何历历",而从传统的悲秋到失志无成之感到怨朋友不相援引,逐层递进,内在的组织原也一贯。所以诗中虽有些近乎散文的地方,但就全体而论,却还是紧凑的。

八

> 冉冉孤生竹,结根泰山阿。
> 与君为新婚,兔丝附女萝。
> 兔丝生有时,夫妇会有宜。
> 千里远结婚,悠悠隔山陂。
> 思君令人老,轩车来何迟。
> 伤彼蕙兰花,含英扬光辉。
> 过时而不采,将随秋草萎。
> 君亮执高节,贱妾亦何为?

吴淇说这是"怨婚迟之作"(《选诗定论》),是不错的。方廷说"与君为新婚""只是媒妁成言之始,非嫁时"(《文选集成》),也是不错的。这里"为新婚"只是定了婚的意思。定了婚却老不成婚,道路是悠悠的,岁月也是悠悠的,怎不"思君令人老"呢?一面说"与君""思君""君亮",一面说"贱妾",显然是怨女在向未婚夫说话。但既然"为新婚",照古代的交通情形看,即使不同乡里,也该相去不远才是,怎么会"千里远""隔山陂"呢?也许那男子随宦而来,定婚在幼年,以后又跟着家里人到了远处或回了故乡。也许他自己为了种种缘故,作了天涯游子。诗里没有提,我们只能按情理这样揣想罢了。无论如何,那女子老等不着成婚的信儿是真的。照诗里的口气,那男子虽远隔千里,却没有失踪,至少他的所在那女子是还知道的。说"轩车来何迟",说"君亮执高节",明明有个人在那里。轩本是有阑干的车子,据杜预《左传注》,是大夫乘坐的。也许男家是做官的;也许这只是个套语,如后世歌谣里的"牙床"之类。这轩车指的是男子来亲迎的车子。彼此相去千里,隔着一重重山陂,那女子似乎又无父母,自然只有等着亲迎一条路。男大当婚,女大当嫁,彼此到了婚嫁的年纪,那男子却总不来亲迎,怎不令人忧愁相思要变老了呢!"思君令人老"是个套句,但在这里并不缺少力量。

何故"轩车来何迟"呢?诗里也不提及。可能的原因似乎只有两个:一是那男子穷,道路隔得这么远,亲迎没有这笔钱;二是他弃了那女子,道路隔得这么远,岁月隔得这么久,他懒得去践那婚约——甚至于已经就近另娶,也没有准儿。照诗里的口气,似乎不是因为穷,诗里的话,那么缠绵固结,若轩车不来是因为穷,该有些体贴的句子。可是没有。诗里只说了"君亮执高节"一句话,更不去猜想轩车来迟的因由;好像那女子已经知道,用不着猜想似的。亮,信也。你一定"守节情不移",不至于变心负约的。果能如此,我又为何自伤呢?——上文道:"伤彼蕙兰花……贱妾亦何为?"就是何为"伤彼",而"伤彼"也就是自伤。张玉穀说这两句"代揣彼心,自安己分"(《古诗赏析》),可谓确切。不过"代揣彼心",未必是彼真心;那女子口里尽管说"君亮执高节",心里却在惟恐他不"执高节"。这是一句原谅他,代他回护,也安慰自己的话。他老不来,老不给成婚的信儿,多一半是变了心,负了约,弃了她;可是她不能相信这个。她想他,盼他,希望他"执高节";惟恐他不如此,是真的,但愿他还如此,也是真的。轩车不来,却只说"来何迟"!相隔千里,不能成婚,却还说"千里远结婚"——尽管千里,彼此结为婚姻,总该是固结不解的。这些都出于同样的一番苦心,一番希望。这是"怨而不怒",也是"温柔敦厚"。

婚姻贵在及时,她能说的,敢说的,只是这个意思。"兔丝生有时""过时而不采"都从"时"字着眼。既然"与君为新婚",

既然结为婚姻，名分已定，情感也会油然而生。也许彼此还没有见过面，但自己总是他的人，盼望及时成婚，正是常情所同然。他的为人，她不能详细知道；她只能说她自己的。她对他的情好是怎样地缠绵固结呵。她盼望他来及时成婚，又怎样地热切呵。全诗用了三个比喻，只是回环复沓地暗示着这两层意思。"冉冉孤生竹，结根泰山阿""兔丝附女萝"都暗示她那缠绵固结的情好。冉冉是柔弱下垂的样子，山阿是山弯里。泰山，王念孙《读书杂志》说是"大山"之讹，可信；大山犹如高山。李善注："竹结根于山阿，喻妇人托身于君子也。""孤生"似乎暗示已经失去父母，因此更需有所依托——也幸而有了依托。弱女依托于你，好比孤生竹结根于大山之阿——她觉得稳固不移。女萝就是松萝。陆玑《毛诗草木疏》："今松萝蔓松而生，而枝正青。兔丝草蔓联草上，黄赤如金，与松萝殊异。""兔丝附女萝"，只暗示缠结的意思。李白诗："君为女萝草，妾作兔丝华。"以为女萝是指男子，兔丝是女子自指。就本诗本句和下文"兔丝生有时"句看，李白是对的。这里两个比喻中间插入"与君为新婚"一句，前后照应，有一箭双雕之妙。还有，《楚辞·山鬼》道，"若有人兮山之阿"，"思公子兮徒离忧"。本诗"结根大山阿"更暗示着下文"思君令人老"那层意思。

"兔丝生有时"，为什么单提兔丝，不说女萝呢？兔丝有花，女萝没有；花及时而开，夫妇该及时而会。"夫妇会有宜"，宜，得其所也；得其所也便是得其时。这里兔丝虽然就是上句的兔丝——蝉联而下，也是接字的一格——可是不取它的"附女萝"为喻，而取它的"生有时"为喻，意旨便各别了。这两语是本诗里仅有的偶句；本诗比喻多，得用散行的组织才便于将这些彼此不相干的比喻贯串起来，所以偶句少。下文蕙兰花是女子自比，有花的兔丝也是女子自比。女子究竟以色为重，将花作比，古今中外，心同理同。夫妇该及时而会，可是千里隔山陂，"轩车来何迟"呢！于是乎自伤了。"一干一花而香有余者，兰；一干数花而香不足者，蕙"，见《尔雅翼》；

总而言之是香草。花而不实者谓之英，见《尔雅》。花而不实，只以色为重，所以说"含英扬光辉"。《五臣注》："此妇人喻己盛颜之时。"花"过时而不采"，将跟着秋草一块儿蔫了，枯了；女子过时而不婚，会真个变老了。《离骚》道："惟草木之零落兮，恐美人之迟暮。""夫妇会有宜"，妇贵及时，夫也贵及时之妇。现在轩车迟来，眼见就会失时，怎能不自伤呢？可是——念头突然一转，她虽然不知道他别的，她准知道他会守节不移；他会来的，迟点儿，早点儿，总会来的。那么，还是等着罢，自伤为了什么呢？其实这不过是无可奈何的自慰——不，自骗——罢了。

九

> 庭中有奇树，绿叶发华滋。
> 攀条折其荣，将以遗所思。
> 馨香盈怀袖，路远莫致之。
> 此物何足贡，但感别经时。

《十九首》里本诗和《涉江采芙蓉》一首各只八句，最短。而这一首直直落落的，又似乎最浅。可是陆时雍说得好："《十九首》深衷浅貌，短语长情。"（《古诗镜》）这首诗才恰恰当得起那两句评语。试读陆机的拟作："欢友兰时往，苕苕匿音徽。虞渊引绝景，四节逝若飞。芳草久已茂，佳人竟不归。踯躅遵林渚，惠风入我怀。感物恋所欢，采此欲贻谁！"这首诗恰可以作本篇的注脚。陆机写出了一个有头有尾的故事：先说所欢在兰花开时远离；次说四节飞逝，又过了一年；次说兰花又开了，所欢不回来；次说踯躅在兰花开处，感怀节物，思念所欢，采了花却不能赠给那远人。这里将兰花换成那"奇树"的花，也就是本篇的故事。可是本篇却只写出采花那一段儿，而将整个故事暗示在"所思""路远莫致之""别经时"等语句里。这便比较拟作经济。再说拟作将故事写成定型,自然不如让它在暗示里生长着的引人入胜。原作比拟作"语短",可是比它"情长"。

诗里一面却详叙采花这一段儿。从"庭中有奇树"而"绿叶",而"发华滋",而"攀条",而"折其荣";总而言之,从树到花,应有尽有,另来了一整套儿。这一套却并非闲笔。蔡质《汉官典职》:"宫中种嘉木奇树。"奇树不是平常的树,它的花便更可贵些。

这里浑言"奇树",比拟作里切指兰草的反觉新鲜些。华同花,滋是繁盛。荣就是华,避免重复,换了一字。朱筠说本诗"因人而感到物,由物而说到人",又说"因意中有人,然后感到树;……'攀条折其荣,将以遗所思',因物而思绪百端矣"(《古诗十九首说》),可谓搔着痒处。诗中主人也是个思妇,"所思"是她的"欢友"。她和那欢友别离以来,那庭中的奇树也许是第一回开花,也许开了不止一回花,现在是又到了开花的时候。这奇树既生在庭中,她自然朝夕看见;她看见叶子渐渐绿起来,花渐渐繁起来。这奇树若不在庭中,她偶然看见它开花,也许会顿吃一惊:日子过得快呵,一别这么久了!可是这奇树老在庭中,她天天瞧着它变样儿,天天觉得过得快,那人是一天比一天远了!这日日的煎熬,渐渐的消磨,比那顿吃一惊更伤人。诗里历叙奇树的生长,便为了暗示这种心境;不提苦处而苦处就藏在那似乎不相干的奇树的花叶枝条里。这是所谓浅貌深衷。

孙说这首诗与《涉江采芙蓉》同格,邵长蘅也说意同。这里"同格""意同"只是一个意思。两首诗结构各别,意旨确是大同。陆机拟作的末语跟《涉江采芙蓉》第三语只差一"此"字,差不多是直抄,便可见出。但是《涉江采芙蓉》有行者望乡一层,本诗专叙居者采芳欲赠,轻重自然不一样。孙又说"盈怀袖"一句意新。本诗只从采芳着眼,便酝酿出这新意。采芳本为了祓除邪恶,见《太平御览》引《韩诗章句》。祓除邪恶,凭着花的香气。"馨香盈怀袖"见得奇树的花香气特盛,比平常的香花更为可贵,更宜于赠人。一面却因"路远莫致之"——致,送达也——久久地痴痴地执花在手,任它香盈怀袖而无可奈何。《左传》声伯《楚歌》:"归乎,归乎!琼魂盈吾怀乎!"《诗·卫风》:"籊籊竹竿,以钓于淇。岂不尔思?远莫致之。"本诗引用"盈怀""远莫致之"两个成辞,也许还联想到各原辞的上一语:"馨香"句可能暗示着"归乎,归乎"的愿望,"路远"句更是暗示着"岂不尔思"的情味。断章取义,古所常有,与原义是各不相干的。诗到这里来了一个转语:"此物何足贡?"贡,献也,或作"贵"。奇树的花虽比平常的花更可贵,更宜于赠人,可是为人而采花,采了花而"路远莫致之",又有什么用处!那么,可贵的也就不足贵了。泛称"此物",正是不足贵的口气。"此物何足贵",将攀条折荣,香盈怀袖,路远莫致,一笔抹杀,是直直落落的失望。"此物何足贡",便不同一些。此物虽可珍贵,但究竟是区区微物,何足献给你呢?没人送去就没人送去算了。也是失望,口气较婉转。总之,都是物轻人重的意思,朱筠说"非因物而始思其人",一语破的。意中有人,眼看庭中奇树叶绿花繁,是一番无可奈何;幸而攀条折荣,可以自遣,可遗所思,而路远莫致,又是一番无可奈何。于是乎"但感别经时"。"别经时"从上六句见出:"别经时"原是一直感着的,盼望采花打个岔儿,却反添上一层失望。采花算什么呢?单只感着别经时,老只感着别经时,无可奈何的更无可奈何了。"这次第怎一个'愁'字了得"呵!孙鑛说"盈怀袖"一句下应以"别经时","视彼(《涉江采芙蓉》)较快,然冲味微减"。本诗原偏向明快,《涉江采芙蓉》却偏向深曲,各具一格,论定优劣是很难的。

(1941年《国文月刊》第6至第9期和第15期连续刊登,共释9首。)

编后记

编　者

　　作为新文学运动初期的诗人之一，朱自清先生存留下的诗歌并不多，后人们编选朱自清先生的作品集多以散文为主，偶尔夹带部分诗歌，却少见单独的诗集。在近年个别新诗百年选本，对朱自清先生的诗歌也多有疏漏，此次编选希望能有所弥补。

　　在编选过程中，我们分别参考了《朱自清诗文选集》（新文学选集编辑委员会主编，人民文学出版社，1957年）、《中国新诗总系 1917-1927》第一册（谢冕总主编，姜涛主编，人民文学出版社，2010年）、《中国新诗百年大典》第二卷（洪子诚、程光炜总主编，方长安主编，长江文艺出版社，2013年）、《朱自清集》（花城出版社，2006年）《朱自清讲诗》（葛剑雄主编，凤凰出版社，2008年）、《中国现代经典诗库》（中国社会科学院文学研究所现代文学研究室编，北岳文艺出版社，1996年）等与朱自清相关的多个版本的选本和书籍，并进行了校对和订正。在此一并感谢！

　　我们特意在本书中加入了朱自清先生的诗论文章《〈古诗十九首〉释》，作为对中国古典诗歌以及中国古诗到新诗之传承的敬意。

　　由于视野、学识和资料所限，纰漏之处，在所难免，静候方家不吝赐教。

2019 年 2 月 21 日